THE NEW GATE
ザ・ニュー・ゲート

風波しのぎ
Kazanami Shinogi

19.彷徨う巨兵

Illustration：晩杯あきら

目次　Contents

「THE NEW GATE」世界の用語について

●ステータス

LV：	レベル
HP：	ヒットポイント
MP：	マジックポイント
STR：	力
VIT：	体力
DEX：	器用さ
AGI：	敏捷性
INT：	知力
LUC：	運

●距離・重さ

1セメル=1cm
1メル=1m
1ケメル=1km

1グム=1g
1ケグム=1kg

●通貨

ジュール（J）　：　500年後のゲーム世界で広く流通している通貨。
ジェイル（G）　：　ゲーム時代の通貨。ジュールの10億倍以上の価値がある。

ジュール銅貨　＝　100J
ジュール銀貨　＝　ジュール銅貨100枚　＝　10,000J
ジュール金貨　＝　ジュール銀貨100枚　＝　1,000,000J
ジュール白金貨　＝　ジュール金貨100枚　＝　100,000,000J

●六天のギルドハウス

一式怪工房デミエデン（通称:スタジオ）――『黒の鍛冶師』シン担当
二式強襲艦セルシュトース（通称:シップ）――『白の料理人』クック担当
三式駆動基地ミラルトレア（通称:ベース）――『金の商人』レード担当
四式樹林殿パルミラック（通称:シュライン）――『青の奇術士』カイン担当
五式惑乱園ローメヌン（通称:ガーデン）――『赤の錬金術師』ヘカテー担当
六式天空城ラシュガム（通称:キャッスル）――『銀の召喚士』カシミア担当

主な登場人物
Main Characters
ミルト
89歳。ハイピクシー。
ロリ巨乳が特徴の元プレイヤー。
戦闘狂として有名だった。
シュバイド・エトラック
521歳。ハイドラグニル。
ゲーム時代のシンのサポートキャラ。
竜皇国キルモントの初代国王。
シン
本編の主人公。
21歳。ハイヒューマン。
オンラインゲームで
名を馳《は》せた最強プレイヤー。
デスゲームクリア後、500年
後のゲーム世界に飛ばされる。
ユズハ
エレメントテイル。
シンに助けられたモンスター。
基本は子狐の姿だが、
人型にも変身可能。

フィルマ・トルメイア
521歳。ハイロード。
ゲーム時代のシンのサポートキャラ。
姉御肌でパーティのムードメーカー。
セティ・ルミエール
515歳。ハイピクシー。
ゲーム時代のシンのサポートキャラ。
妖精郷で精霊と暮らしていた。
ティエラ・ルーセント
157歳。エルフ。
強力な呪いの名残で髪の大部分が黒い。
故郷を追放され、シュニーに保護された。
シュニー・ライザー
521歳。ハイエルフ。
ゲーム時代のシンのサポート
キャラ。
500年間シンを待ち続けた。

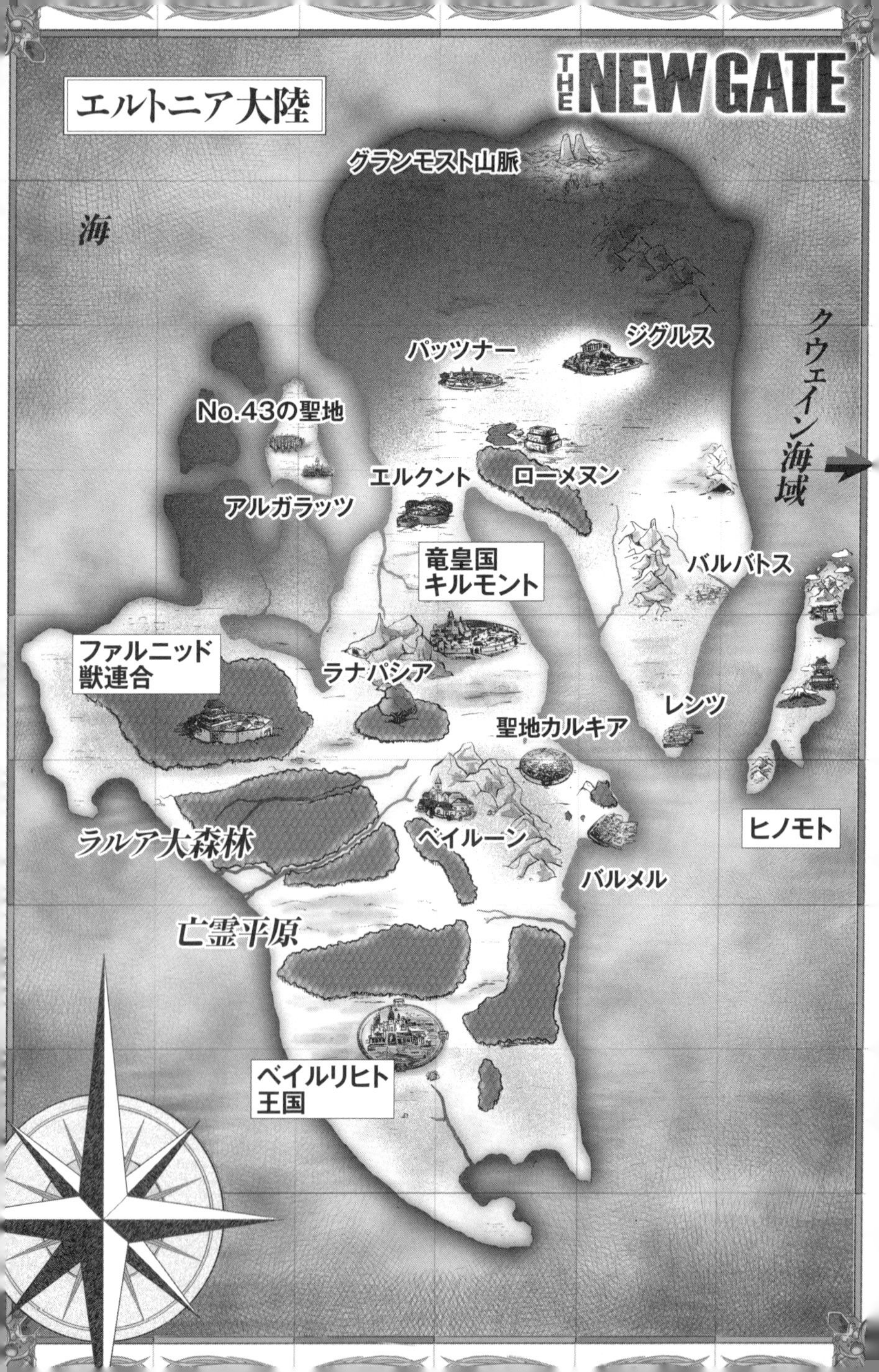
THE NEW GATE
エルトニア大陸
グランモスト山脈
海
クウェイン海域
ジグルス
パッツナー
No.43の聖地
エルクント
ローメヌン
アルガラッツ
竜皇国
キルモント
バルバトス
ファルニッド
獣連合
ラナパシア
レンツ
聖地カルキア
ヒノモト
ラルア大森林
ベイルーン
バルメル
亡霊平原
ベイルリヒト
王国

Chapter1 消えた人形

THE NEW GATE

ナンバー11の守護者——イレブンから、瘴魔《デーモン》に支配された都市の攻略を依頼されたシン一行。灼熱《しゃくねつ》の砂漠地帯を突破し、溶岩が溢《あふ》れ出るナンバー43の聖地に侵入したシンは、炎の瘴魔《デーモン》アングアイニとの決戦に挑む。

ゲーム時代を上回る戦闘力を持ったアングアイニを、仲間と協力して打ち倒すと、そこには滅多《めった》に入手できない魔法金属、キメラダイトの山が残されていた——。

キメラダイトを回収したシンは、周囲に目を向ける。

アングアイニの残骸《ざんがい》は、元が鉱物系モンスターだからか、素材の宝庫だった。キメラダイトに気を取られていたが、改めて調べると、他にも様々な鉱物、鉱石がある。

鍛冶師《かじし》であるシンは当然として、シンの鍛冶作業を手伝い、鍛冶スキルのレベルが上がったサポートキャラのシュニーも、素材調査に加わった。鉱物や鉱石の判別ができるからだ。

他のメンバーはティエラを中心に、瘴気に侵《おか》されたものが残っていないか聖地内を調査している。

『聖地の周りにいたモンスター、赤き核柱《かくちゅう》は、どれもコアが黒くなって地面に転がってるわ。アングアイニと何かつながりがあったのかもね』

壁の上に登って周囲を確認していた、サポートキャラのフィルマから連絡が来る。もしまだ残っているようなら、戻る時にもう一戦する必要があったが、手間が省《はぶ》けた。

「そういえば、この聖地にはコアがなくなったわけだが、放置なのか？」

なんとなく気になったシンは、近くで調査していた老紳士、ゲルゲンガーに問いかけた。

「島の掌握《しょうあく》が終わるまではそうなります。いずれ主《あるじ》のコアから、この地を管理するため、権限を一部譲渡したサブコアが設置されるでしょう。聖地となる場所にはほぼ太い地脈が走っているので、守護者にとって非常に有用なのです」

この付近の地脈の乱れは徐々に解消されていると、エレメントテイルのユズハから聞いている。

「地脈か……」

ゲーム時代のプレイヤーは、地脈などあまり気にしなかった。

一方この世界では、様々な現象に地脈が関わっていることは、これまでの経験でわかっている。

獣王国ファルニッドでも多少調べたが、地脈について理解できているとは言いがたい。

一度しっかり調査する必要があるなと、シンは脳内メモに記しておく。

「それにしても」

つぶやきながら、シンは足元の残骸から青白い塊《かたまり》を引っ張り出した。

塊の正体はオリハルコンだ。これ以外にも、ミスリル、アダマンティン、ヒヒイロカネなど、貴重な金属がゴロゴロ出てきた。

キメラダイトがあったのだから、その生成素材とされているこれらが出てきてもおかしくはない。

ただ、アングアイニと戦っていた時は、切り落とした部位が消滅していたのに、とどめを刺した後はアイテムが残るというのも、妙な話である。

この件には瘴魔《デーモン》が関わっているので、正規の守護者とは違うのかもしれない。

しかし、レアな鉱物がこうも大量に出てくると、一欠片《ひとかけら》のオリハルコンを求めて山々を渡り歩いていたゲーム時代が、馬鹿らしくなってしまいそうだった。

また、スキルでわかったのだが、ここで採れた鉱石は、ほぼ精製状態と同じ高純度だった。

素材として手に入れた鉱物を、精製して純度を上げたり、他の鉱物と混ぜて合金を作ったりしていたゲーム時代には、あり得ないことだ。

まるでイベント報酬で配られるアイテムのようである。

一応、所々混ざったり層になっていたりするが、それは些細《ささい》なことだった。

顔をしかめていたシンに、シュニーが問いかける。

「純度が高いほうが、守護者にとって、都合がよかったのでしょうか？」

「たぶんな。ドロドロに溶けてた時は、それこそ全身キメラダイトみたいな状態だったのかもしれない。純度が低い金属を混ぜると脆《もろ》くなるのは、鍛冶師の間じゃ常識だしな」

守護者の持つ特殊な力か、はたまた地脈のエネルギーの影響か。そんな摩訶不思議《まかふしぎ》なことが起こってもおかしくなかった。

とはいえ、守護者ナンバー43は倒してしまったのだから、悩んでも仕方がない。

シンはさっさと回収を終わらせようと、片っ端からアイテムボックスに収納していく。

ゲーム時代は、地面から掘り返して持ち上げられる状態にしないと、カード化もアイテムボックスへの収納もできなかったが、今ではその縛りもなくなっていた。

試しにやってみたら、同じ素材がまとめて収納できたのだ。

シンが触れている部分と物理的につながっている範囲、という制限があるようだが、いちいち掘り返さなくていいだけで作業効率は段違いだった。

シンがやっているのを見ていたシュニーも試したところ、同じように問題なく収納できた。本人は少し驚いていた。

「シュニーも知らなかったのか？」

「はい。こういった使い方をする機会がなかったので」

シュニーへの頼みごとと言えば、大抵が戦闘や植物にまつわる協力要請だった。

シュニーの戦闘力は知れ渡っているし、ハイエルフが植物に詳しいことは、この世界では常識である。こういった鉱物採集はドワーフの領分だった。

「『栄華《えいが》の落日《らくじつ》』後にできるようになったのか、私の鍛冶の技能が上がったからなのか。検証は難しいですね。もしかすると、アイテムボックスを持っている人の中には、この手段を知りながら隠している人もいるかもしれません」

この方法なら、鉱物の先端さえ見えていれば、掘り返さずに採取できる。普通はシャベルやピッケルで地道に掘らなければならないのだから、効率は比べ物にならなかった。

アイテムボックスの容量次第では、鉱脈の一部を根こそぎ回収、なんてこともできるかもしれない。それが希少金属なら、小出しに売るだけで一生安泰《あんたい》だ。

「シュバイドたちにも試してもらうか。ティエラもアイテムボックスが使えたらいいんだけど」

こちらの世界の住民がアイテムボックスを使うには、『拡張キット』というアイテムが必要だと、ベイルリヒト王国にいる魔槍使い、ヴィルヘルムから聞いた。

『拡張キット』は、ゲーム時代にシンも使ったことがある。

【THE NEW GATE《ザ ニュー ゲート》】では課金アイテム扱いで、イベントやクエストの報酬でも多少は手に入るし、○周年記念といった特別な時期に、プレゼントされることもあった。

アイテム保有の増加量が少ないとはいえ、価格が安く、効果を実感しやすい『拡張キット』は、プレイヤーが最初に手を出す課金アイテムだった。

シンはアイテムボックスの容量をとっくに最大にしていたので、余った『拡張キット』は貴重なアイテムとのトレードに使ってしまった。なので手持ちの在庫はない。

他の『六天《ろくてん》』メンバーも同じようなものなので、ギルドハウスを回っても残されている可能性は低いだろう。

ゲーム時代は、一定以上の難度のダンジョンで、極稀に宝箱から手に入ることもあった。しかし、この世界ではどうかわからない。

手に入れるためには、持っている人物から譲ってもらうのが一番の近道か。

「あ、選定者なら『拡張キット』を持ってる可能性は高いんだっけ。ティエラはどうなんだろうな」

シンのかつての恋人、マリノの能力がティエラに宿っているのは間違いない。

マリノも、ティエラは自分の能力を受け継いだ選定者になるはずだった、と言っていたので、今はその状態に近づいているはずだった。

アイテムボックスが使えるようになっていてもおかしくはない。

「後で確認しておきましょう。実験用に、少し残しておきますか？」

「そうするか。片付けるのは大した手間じゃないし」

シンとシュニーは新しい回収方法を身につけている。ティエラが同じやり方で鉱物を回収できなくても、片付けは容易だろう。

「それにしても、こりゃ本当に素材だけっぽいな」

素材の回収は8割方終わったが、他には何もなさそうだった。

アングアイニは瘴魔《デーモン》だ。ドロップアイテムにこだわるわけではないが、素材以外にも何かあるのでは？　と少し期待していたシンである。

ゲルゲンガーも周囲の調査を終えたようだ。

「皆様の戦いぶりを見て、この結果には納得しております」

ドロップアイテムがなくても、自分たちの安全を確保できたのだから、納得しているらしい。

しばらくしてフィルマたちが戻ってきたので、さっそくアイテムボックスについて聞いてみた。

「そんなやり方はやったことがないわね。そもそも、便利な収納箱って認識しかないし」

「私もフィル姉と同じかな」

フィルマとセティは、少し考えてそう答えた。

戦闘職ならそんなものだろうと、シンも納得する。

セティは多少生産もかじっているが、大量に採取して何かを作る機会はなかったという。

実際に試してもらったが、素材の表面が多少削れるくらいだ。フィルマたちならば、力ずくで掘ったほうがはるかに早かった。

そんな2人とは違い、シュバイドは記憶を探りながら話す。

「同じようなことを考えた者はいたが、あまり現実的ではないと、採用には至らなかったな」

シュバイドもフィルマたちと同じで、一気に収納することはできなかった。

ただ、シュバイドが国づくりに奔走《ほんそう》していたころ、鍛冶師の選定者が同じように、鉱石を効率的に採取できないかと試していたらしい。

その際は、シンほど一気に大量の鉱石をカード化、もしくは収納ができなかったこと。

鍛冶師のアイテムボックスの容量に限界があり、別にアイテムボックス要員がいないといけないなどの問題が解決できず、一般には広まらなかった、とシュバイドは語った。

この世界の選定者は、アイテムボックスを使える者のほうが少ない。さらに容量も人それぞれ。希少なアイテムボックス持ちからすれば、素材採取の補助要員などするよりも、稼ぐ方法はたくさんあった。

運送屋として働けば引く手数多《あまた》。

また、アイテムをカード化する技能を、そのまま売りにしてもいい。自分で運ばなくても、大量のアイテムや素材を薄いカードにして運べるだけで、効率は段違いだ。

国や商会と契約して、アイテムをカード化する仕事についている者もいる。

選んだ仕事にもよるが、大抵は一般職と比べて、給金が最低でもひと桁違《けたちが》うだろう。

モンスターに襲われるかもしれない都市の外で仕事をやろうと思う者など、よほどの変わり者以外いないのだ。

「生産系の職やスキルを磨いている者の中でも、できる者は限られていた。範囲もせいぜい、見えている場所から20~30セメル程度だ。シンのように、広範囲をカード化などできる者はいなかった。いたとしたら、もっと大きく話題になっていただろう」

シュバイドは一呼吸置き、話がずれてしまうが、と言って続ける。

「実のところ、アイテムボックスを使った窃盗事件というのは、数は少ないが起こっているのだ」

収納してしまえば外からはわからないし、荷物検査も意味はない。収納にはほとんど時間がいらないので、現行犯逮捕も難しい。

今までで捕まったのは、不法侵入からの余罪追及だとか、犯人を尾行して盗難したものを具現化したところに踏み込んだ、といったものだ。

「言いにくいが、犯人の中にはシンと同じプレイヤーもいた」

「いたのか……プレイヤーのアイテムボックスは最初からそれなりに容量があったし、アイテムで容量増やすのは当たり前だったけどさ」

何やってんだよと、シンはぼやかずにはいられない。

元プレイヤーなら、ゲーム時代から受けついだ、知識なり戦闘力なりがあったはず。加えて、アイテムボックス持ちは勝ち組なのだ。わざわざ悪事に手を染める必要はないだろう。

「シンのように広範囲がカード化できるならば、この方法を用いて、鉱脈を掘り進めることもできるだろう。少なくとも、そういった話は聞いたことがない。だからと言って、誰もやっていないとは言えんがな」

横で話を聞いていたシュニーが同意する。

「私も聞いたことはありません。アイテムボックスは悪用されると、阻止するのはとても難しいですから、もし目につくことがあったらその時にどうするか決めればいいでしょう。我々の手には余る話です」

「それもそうか。なんかこう、今までできなかったことができるようになると、ついいろいろ考えちゃうんだよな」

シュニーの話を聞いて、シンは首を軽く左右に振った。

「あとはミルトができるのかってことと、ティエラが今の方法を使えるかだけ、聞いておきたい」

「今ちょっとやってみたけど、僕もほとんど同じだね。多少範囲が広いけど、それにしたって一回り程度」

フィルマたちよりは広いが、大きな差はないと、元プレイヤーのミルトが言った。

「ただ、連続で使えば結構エグイことできるよね」

そう続けて、ミルトは残骸に触れながら足早に移動する。

その様子を見て、シンはミルトの言葉の意味を理解した。ミルトが触れた部分にそって、残骸に溝ができている。

「範囲が狭くても、使い続ければ似たようなことはできるか」

「カード化して手元に出すのも、収納するのも、ＭＰは使わないから、何時間でも続けられるね。僕たちみたいに収納するのに慣れていれば、鉱山を掘り進めるのは簡単だと思うよ。まあ、収納できるってだけで、分別はしてくれないみたいだけど」

ミルトが収納した鉱物を具現化すると、消えた鉱物がそのままの形で出てきた。

シンの収納とは異なり、複数の鉱物がくっついたり、混ざったような状態のものもある。

「俺の場合は、一種類がある程度塊になる。ミルトたちは本来の収納って感じで、俺のほうが特殊っぽいな」

モンスターを収納した場合、アイテムボックスは、自動で部位ごとに分類してくれる。

一方、素材は大抵そのままだ。そのルールは今回も有効らしい。

「さて、あとはティエラだな」

「うーん、私がアイテムボックスねぇ」

シンたちの話を聞いていたティエラだったが、まだ困惑しているようだ。

こちらの世界では、アイテムボックスを持つ選定者なら、生まれた時からそれを使うことができると言われている。誰に教わるでもなく、使い方が自然とわかるのだという。

シンのようなプレイヤーの場合、ゲーム時代と使い方が変わらないので、違和感なく使えている。

ティエラはある意味生まれ持った側だが、特殊な生い立ちゆえに、立ち位置としてはプレイヤーに近かった。

「とりあえず俺のやり方を教える。それでだめなら、別の方法を考えよう」

マリノの力を受け継いでいるなら、メニュー画面から使うこともできるのではと、シンは考えていた。自分と違いはないか、細かく確認しながら、アイテムボックスの使い方を教える。

「これを、こうして……あ」

ティエラの手から、練習に使用していた魔鉄の欠片が消える。

アングアイニの残骸の一部で、手ごろな大きさだったアイテムが、ティエラが慎重に操作すると、カードの状態で手の中に収まった。シンがアイテムボックスを使用した時と同じ現象だ。

ティエラはその状態から、再びカードをアイテムボックスに戻すと、今度は具現化した状態で出現させた。

「まさか、私がアイテムボックスを使えるようになるなんて……」

少しの間呆《ほう》けていたティエラは、今度は興奮気味に魔鉄の欠片を出し入れしている。

「感動してるところ悪いんだが、そろそろ次に進んでいいか？」

「あ、ごめん。えっと、見えない部分の鉱石も収納できるか、試せばいいのよね？」

シンの言葉にハッとしたティエラは、アングアイニの残骸に近づいた。魔鉄と同じ要領で、カード化して見せる。

カード化できたのは、ティエラが触れていた場所を中心に、直径20セメルといったところ。深さは10セメルもない。フィルマたちと大差ないようだ。

「全然だめね」

肩を落とすティエラに、シュバイドが声をかける。

「いや、これが普通なのだろう。おそらく、生産職としての能力と、ステータスの高さが関係しているのではないか？　シンは鍛冶師としての能力もステータスも高い。そして、収納の対象は鉱物だ。これほど相性がいいものもあるまい。鍛冶を手伝っていたというシュニーの収納範囲が我らよりいくらか多いのも、そのせいではないだろうか」

確かに、シュニーの収納範囲はシンを除けば一番広かった。

シュニーはシンの手伝いで鍛冶をいくらか習得しているし、料理のスキルレベルも高い。今のところ出番がないが、薬草の調合などもできる。

「そう言われると納得だな。とりあえず、俺はこの能力で鉱物採取とかする気はないし、こういうこともできると知っておく程度でいいだろ。どっちかっていうと、アイテムボックスの危険性のほうを覚えておかないとな」

これで、ユズハとカゲロウのモンスターコンビ以外は、全員がアイテムボックスを使える状態になった。ゲーム時代ならともかく、今の世界では珍しいのは間違いない。

「アイテムボックスを使えることは、あまり吹聴《ふいちょう》せずにいこう」

「こっちに来て何かあったの？」

ミルトが尋ねてきた。

「いや、そういうわけじゃないんだがな」

「アイテムボックスの技能を使って成り上がる！　とか考えてなきゃ大丈夫だと思うけど。武器や防具と違って、目に見えるものじゃないし」

「そうなんだが、こう、こっちに来てから、イベントが寄ってくる体質みたいになってるからついな」

今までのことを振り返り、シンはなんとなく空を見上げた。こういった条件クリアのイベントがあると、新たなイベントが始まりそうな気がしてならない。

「遠い目しないの。ゲルさんも待ってるし、そろそろ行こうよ」

「それもそうだな」

ミルトが相手だと、ついゲーム時代のような反応をしてしまうと、シンは反省した。

アングアイニを倒して、気が緩みすぎている。シュバイドも皇国のことが気になっているはずで、検証など後回しにするべきだった。

ちなみにゲルさんとはゲルゲンガーのことだ。ミルトは聖地の攻略を始めてから、終始ゲルゲンガーをゲルさんと呼んでいた。

「一番の脅威《きょうい》は取り除かれていますので、お気になさらず」

気を使ってくれるゲルゲンガーに謝り、シンは残骸の残りをさっと回収して、移動を始める。

赤き核柱の攻撃も気にしなくていいので、ナンバー37の聖地まで、ゲルゲンガーに乗って飛行する。攻め入る時の苦労は何だったのかと思ってしまうほど、一行はあっさりと、隣の聖地上空に到着した。

「森がなくなってる?」

空から大地の様子を見たシンは、思わずそう口にした。

あたり一面を覆いつくし、燃やされながらも赤き土塊の侵攻を防いでいた森が、ほとんど消えていたのだ。

おかげで、森に呑《の》まれた聖地を探す手間は省けたが、こんなに短期間で消えるものなのか、と疑問も残る。

「自然に生えた樹木ではありませんので、守護者の意思で、元に戻すことは可能です。もともと、以前は無理をしていた状態ですので、維持する理由はもうありませんから」

シンの疑問に、ゲルゲンガーが答えてくれた。

聖地の外壁の横では、巨大な樹木のモンスターがシンたちを見上げていた。手前には、ちょうどゲルゲンガーが着陸できそうな空《あ》き地がある。

「ヴァンウッドそのままの姿みたいだね。あの空き地は、そこに降りろってことかな？」

「大きさもちょうどいいですし、恐らくそうでしょう」

眼下の様子にミルトがつぶやき、シュニーが応じた。

木々が減って、聖地が見えるようになったとはいえ、他に降りられそうなところはない。

地面に立って改めて見ると、空から見下ろしていた時にはなかった威圧感があった。

なにせヴァンウッドは、聖地の外壁の高さを上回っているのだ。地上に降りれば見下ろされるのはシンたちである。

様々な太さの木々で構成されたヴァンウッドの巨体は、頭、胴体、二本の腕と足があり、全体としては人型に近い。

顔には、口のような裂け目はあるが、目や鼻はなかった。そんな頭部のシルエットは獅子に近い。背に葉が鬣《たてがみ》のように生えているのが、そう見せるのかもしれない。

腕は全体的に細いが、肘から先が腕の数十倍に肥大化しており、鉤爪《かぎづめ》付きの手甲を装備しているような形だ。

足は二本だが、太い樹木をより合わせて、棒状にしてくっつけただけという見た目である。関節のようなものはないが、人の足のように曲がっている。

鈍重そうに見えるが機動力もあり、その防御力の高さから、素早いウッドゴーレムとも呼ばれていた。

足の木から生やした根を地面に突き刺し、周辺の索敵をすることもある。

有志のプレイヤーが調べた情報では、口らしきものはあっても、食事をするところが目撃されていないので、エネルギー補給も兼ねているのではないか、と言われていた。

環境によって特殊な能力を得る場合もあり、その場合は亜種扱いされていた。ただ素早いだけのゴーレムとは、厄介《やっかい》さが桁違いなのは間違いない。

「ウォードッグたちもいるな」

シンに接触してきたウォードッグたちが、ナンバー37の足元にお座りしている。

シンたちを降ろしたゲルゲンガーは、形を変えずにナンバー37に近づいていく。

1メルほどの距離まで近づくと、頭を下げたナンバー37の眼前に光が集まり、30セメルほどの半透明の球体が現れた。

ゲルゲンガーがそれに触れると、球体は一度強く光ってから、ゆっくりと消える。

コアの支配が終わったのだろうとシンが思っていると、ナンバー37の体が灰色に変化した。

「お待たせいたしました。ここでの作業は完了です」

「色が変わったのも、コアの支配が関係してるのか？」

「はい。主の影響です」

ゲルゲンガーの主であるイレブンは、ドッペルゲンガーの上位種フェイスマンが基になっている。

基は、真っ黒の人形のような姿なので、その体色が影響しているのかもしれない。

思いのほか早く済んだので、すぐに移動を始める。

空を行くとなれば、砂海も砂漠も関係ない。日の光と熱気に注意するだけだ。

「……え、あれってもしかして」

砂海を越える際に、下を見ていたティエラが言った。

シンがその表情の先を見ると、巨大な口が閉じられるところだった。

「ラージ・ヘッドだな。日が出ているうちの捕食行動は珍しいぞ」

ラージ・ヘッドに呑み込まれる砂に、魚のようなシルエットが見える。

シンが視力を強化すると、砂海でおなじみのデザート・ファング――サーベルタイガーのような牙を持つ魚型モンスターだとわかった。

全長4メルはある大型の肉食魚だが、ラージ・ヘッドの巨大な口の中では、小魚にしか見えない。

やがて口が閉じたラージ・ヘッドは、静かに砂海へと沈んでいった。

ミルトも気づいていたようで、シンに聞こえるように感想を口にする。

「何度見ても豪快だね」

「狙われたほうはたまったもんじゃないけどな」

ラージ・ヘッドが砂海から飛び上がったとしても、万が一にも届かない距離にいるので、シンたちは気楽なものだ。

「あんなものに狙われてたの、私たち……」

正体を知ったティエラは、顔色を悪くしている。

「レアアイテムをドロップするから、倒せればうまみもあるんだよ。囮を使えば、おびき出すのはそれほど難しくないしな」

「シンには、あれが素材の山に見えてるのね。おびき出せても戦いたくないわよ」

ティエラがぶるりと身を震わせるのは、寒さ以外の理由だろう。

砂海を越え、しばらくすると、イレブンの聖地が見えてくる。

聖地の中に降りるようで、ゲルゲンガーは城壁を越えた。

着陸前に聖地内を見渡したシンは、出発する前の襲撃で破壊されていた、建物や城壁の一部が直っていることに気づく。

城壁はともかく、建物を直す意味はあまりないように感じたが、きっと何かあるのだろう。

ゲルゲンガーが着陸したのは、ゲーム時代にプレイヤーで賑《にぎ》わっていた広場だ。

モンスターが聖地内を徘徊《はいかい》しているのは見えたが、広場には近づいてこない。本能的に、危険だと察しているのかもしれない。

ゲルゲンガーから降りたシンたちは、ゲルゲンガーの案内で聖地の中を進んだ。

目的地は、最初にイレブンと会った建物だ。

奥へ進むと、出会った時と同じようにイレブンがいた。違うのは、シンの姿を模倣していないところくらいだ。

「やあ、見事に依頼を果たしてくれたみたいだね。これで一安心だ」

相変わらず、道化じみた印象を受ける。

「これで、モンスターの大量発生は防いでもらえるんだな?」

「うん。間違いなく。ただしナンバー43の聖地は、まだ完全に支配下に置けていないから、もう少し先になるのは理解してほしいね」

これは瘴魔《デーモン》の介入が原因だ。イレブンとしても、コアの破壊は想定内。これだけならば、数日でナンバー43の支配域も掌握できたと語る。

しかし、瘴魔《デーモン》が守護者と一体化する事態は想定していなかったらしく、どのような状態なのか調査しなければならないため、時間がかかるようだ。

「もちろん、僕のところとナンバー37のところからの魔力流出はなくなる。ナンバー43がいなくなったから、あそこの聖地から出る魔力も少なくなる。よって、大陸側でのモンスター発生はぐっと少なくなるはずだよ。強さも以前より、数段下がるのは間違いない。レベルで言うと、２００もいかないんじゃないかな。ただ、さっきも言ったけどすぐにゼロにはできない。こればっかりは時間をもらうしかないね」

これまで、一般人ではどうあっても太刀打《たちう》ちできないレベルのモンスターが湧いていたのだから、十分な成果と言える。

シンたちの活躍によって、巨大な壁が設置されたとはいえ、モンスター同士の戦いにより強い個体が生まれる可能性はまだあった。

空を飛べるモンスターの中には、あの壁を越えられるものもいる。

海に適応しているモンスターなら、壁を迂回《うかい》することもできる。

壁で大部分はせき止められるが、完璧ではなかったのだ。

モンスターの湧く頻度や強さが下がれば、強い個体が生まれる可能性も、生き残った個体がレベルアップする可能性も減る。

場合によっては、壁の一部を撤去することも可能だろう。

完全な魔力流出の停止までに必要な時間は、改めて大陸側――キルモント竜皇国に伝えると、イレブンは言った。

連絡手段や今回の話の内容は、シンたちが竜王であるザイクーンに伝える予定だ。

「さて、じゃあ君が一番気にしてる話に移ろうか」

イレブンが声のトーンを少し落として言った。

今回、シンがイレブンの依頼を受けたのは、大陸側に湧くモンスターをどうにかしたい、という理由だけではない。オリジンⅠ《ワン》の半身──冥王《めいおう》の居場所を知るためだ。

シンがこの世界に来ることになった原因を知りうる存在。その居場所がついにわかる。

「冥王の居場所だけど、君たちの大陸の下半分、エストと呼ばれるほうにある、ダンジョンの奥にいるよ」

人の寄り付かない場所や、そもそもたどり着けない場所にいるのだろうと思っていたので、驚きはない。

「ダンジョンか。未攻略か、未発見のダンジョンってところか？」

「一応、発見はされているよ。君たちが知っているかわからないけど、エストの南部に、ベイルリヒト王国って国がある。そこから北上した先に、亡霊平原っていう、アンデッドモンスターが徘徊する場所があるんだけど……君の表情を見るに、もう知っているのかな？」

「ああ、行ったこともある。確かダンジョンの一部が地表に露出していて、その影響でアンデッドモンスターが湧く、だったか」

スカルフェイス・ロードという、ゲームでは見たこともないモンスターが現れた場所でもある。

もしやあれに冥王が関係していたのだろうかと、シンは話をしながら当時のことを思い出した。

「正解だよ。僕も、なぜダンジョンの一部が地表に出ているのかまではわからない。けれど部下を放って調べていた時に、その奥から、創造主であるオリジンⅠと同じ気配を感じたんだ。そして、部下から僕の気配を感じ取ったのか、向こうから接触してきた。姿も確認してる。間違いないよ」

「直接会ったのか？」

「接触した部下を取り込んで、視覚情報を得た。ちょっとした端末みたいなものでね」

情報収集のために放っていた部下には、ゲルゲンガーのような自由意思はほとんどないらしい。録画映像を見ているようなものだよ、と言って、イレブンは続ける。

「向こうは君に気づいていたみたいだけど、ちょっと予想外のことが起きて、会えなかったらしいんだ。たぶん、僕が冥王と接触したのは、君が亡霊平原に行った後なんだろうね」

そう言われてシンが思い浮かべたのは、やはりスカルフェイス・ロードのことだ。

最上位個体であるはずの、キングやクイーンを超えた能力も、冥王などという規格外の存在が関わっていたのなら納得できる。

「今はその問題も解消されているから、直接会うことも可能だよ。というか、実のところ、冥王も会いたがっていたんだ。ただ、オリジンⅠの半身ともなると、気軽に出歩くことはできないみたいでね」

「こっちから出向けば、拒否されることはないってことか？」

「そのはずだよ」

どんな理由で会いたがっているのかは疑問だが、少なくとも会うことはできるらしい。

しかしシンは、冥王の半身であるオリジンⅠを倒しているのだ。穏便に話が進まない気がしてならなかった。

「いきなり襲い掛かってこないだろうな？」

「それについては、ちょっと断言できないかな。でも、怒っているわけじゃないみたいだったよ。話がしたいって言ってたね」

「話、ね……」

冥王にとって、シンは半身の仇《かたき》。そんな相手と話したいとは、どうにも理解できなかった。

「仲が良かったわけじゃないのかな？　半身だからこそ、反目し合ってたとか」

ミルトの言うことも一理あると、シンはイレブンに問う。

「そういうパターンもあるだろうけど。どうなんだ？」

「さすがにそこまではわからないよ。はっきりしているのは、冥王が、僕の創造主であるオリジンⅠの半身であること。そして、君との話し合いを望んでいることさ」

怒っているようには見えなかったと言うが、何を話すというのだろうか。

思いつくのは、半身であるオリジンⅠの最期がどうだったか、何かおかしなことがなかったか、そういったことを知りたいのかもしれない。

今回の一件で、瘴魔《デーモン》は守護者にすら干渉できることがわかった。

オリジンⅠも、何かの影響を受けていた可能性がある。

「ダンジョンに行けば、すぐに会えるのか？　俺と話したいなら、邪魔はしないだろうが」

「どうだろうね。僕の部下は常に姿を隠して移動していたけど、動き方を思い出すとなんとなく誘導されたようにも思う。でも、都合よくダンジョンの構造が変わるなんてことはなかったよ」

ダンジョン外に出るのが難しいという話だったが、話がしたいなら、呼び寄せるくらいはできそうなものである。

オリジンⅠの半身ならば、その程度の力は持っているだろう。

「とりあえず、僕から提供できるのはこのくらいだね。役に立ったかな？」

「立ったといえば立ったけど、接触は時間の問題だったような気もするぞ」

「それはそうだけどね。早く知れたほうがいいでしょ。こういう情報はさ」

シンの今後に関わりかねない情報である。早く知れたほうがいいというイレブンの言葉は正しい。

ただ、いいように利用された感もなくはなかった。

「それで、肝心の王たちとの交渉はどうやるんだ？」

聞きたかったことを聞き終えたシンたちは、キルモント竜皇国へ戻る準備を始めることにした。

皇国としても、今後の防衛戦略に関わる情報なので、シンたちの帰還を、今か今かと待っているはずである。

「とりあえず、この子を連れていってくれるかな」

そう言ってイレブンが差し出したのは、手のひらサイズの、半透明の黒っぽいスライム。

受け取ったシンは、自分の手のひらの上で、ぷるぷると震えるスライムを観察する。

【分析《アナライズ》】によると、レベル50のプチスライムと出た。

プチスライムのレベル上限は30程度だったはずと思いながら、何の役目があるのかと考える。

「通信用のモンスターだよ。やり取りができるのは僕とだけなんだけどね」

イレブンがそう言うと、プチスライムの体の一部が伸びて、長方形の板状に変化した。さらに、平面部分に凹凸《おうとつ》ができ、文字が浮かび上がる。

「僕の意思がそこに浮かび上がる。逆に、そこに何か書くと、僕に伝わる。君たちの言うチャットに近い能力だね」

「ゲルゲンガーにこいつを同行させれば、いつでも話ができたんじゃないか？」

「生み出せるようになったのは、隣の守護者を配下においたことで、使える力が増えたからだよ。君たちに会ったばかりのころはできなかったのさ」

これを王に渡してもらえれば、あとはシンたちがいなくてもやり取りができる。

メッセージカードでも連絡は取りあえるが、皇国との話し合いが簡単に終わるはずがない。いちいちカードを送り合っていたら、どれだけ量があっても足りないので、プチスライムを生み出したようだ。

チャットとメール機能は本当に便利だからなと、シンも納得せざるを得ない。

「あ、そうだ。メッセージカードを1枚もらってもいいかな？　こっちから連絡を入れることはないと思うけど、瘴魔《デーモン》が僕を狙ってこないとも限らないからね。一応の連絡手段は確保しておきたいんだ」

他にも、別の守護者が攻めてくるなんてことも、あるかもしれないともイレブンは言う。

イレブンに何かあると、大陸側に再びモンスターが湧く事態になりかねないので、シンはメッセージカードを渡した。

「もうやることはないな？　じゃ、俺たちは行く」

こまごまとした確認を終え、帰路に就いた。

帰路と言っても、大陸への帰還は転移なので一瞬だ。孤島にも転移ポイントを設置したので、これからは行き来も簡単にできる。むろん、シンたち限定だが。

シンたちが転移で飛んだ先は、壁を設置する際に、兵士たちの移動に使った場所だ。

首都まで一気に飛んでもいいが、ともに戦ったライナやリューリィと話すくらいはいいだろうと思ったのだ。

彼らも早く結果が知りたいはずだ。

シンたちが出発してから時間が経っているからか、転移した場所の近くには、教会戦団の姿はなかった。残っている皇国軍にも見知った顔は見当たらない。

「壁が問題ないか、様子を見るために残ったって感じじゃないな」

周囲にモンスターの反応はない。

しかしシンから見える兵士たちは、誰もが武器防具ともにフル装備だ。マップの反応から、3重の円陣を組んでいるのがわかった。

「近衛《このえ》第3師団か。壁を乗り越えてくるモンスターに対する備えとしてならば、わからんでもないが……」

シュバイドが考え込んでいるように、高レベルモンスターに対応する部隊をわざわざ臨戦態勢で残すことには、シンも疑問があった。

壁の向こう側のモンスターの大群は、シンたちが掃討したのだ。

考えていても埒《らち》が明かないので、シンたちは近衛第3師団と接触を試みた。

シュニーやシュバイド、教会戦団所属のミルトもいるので、孤島で起こったことの報告がしたいと言うと、すぐに対応してくれた。

報告がてら話を聞いてみると、なんと、先日砦《とりで》ひとつを陥落させた神獣、ヴォルフリートが出現したらしい。

「俺たちがいない間に、ヴォルフリートとはな」

最寄りの砦まで後退する準備をしていた、教会戦団の騎士が最初に発見したらしい。

攻撃してくることはなく、設置された防壁を見上げていた。

ヴォルフリートの強大な戦闘力は周知されていたので、こちらからも仕掛けはしなかった。

しばらくするとどこかへ走り去ったと、第3師団の指揮官が教えてくれた。

「砦に攻撃を仕掛けてきたから、人類に対して敵対的なのかとも思ったが、そうでもないようだ。分《ぶ》が悪いと引いたわけではなかろう」

シンもうなずく。

「同意見だな。炎が青かったって話だから、確実に特殊個体だ。普通のやつより強いはずで、ただ歩くだけで、一般兵が火だるまになる。戦う気だったら、今ごろこの辺は焼け野原だろうな」

防衛用の砦のを苦もなく落とす相手だ。まともに戦えば、皇国軍も教会戦団も壊滅していた可能性が高かった。

「僕は、壁を見てたっていうのが気になるよ。壊そうと思ってきたのかな？」

ミルトが首をかしげている。

「それなら、強度を確かめるために一発くらい攻撃してもよくないか？　ヴォルフリートのスキル構成はガチガチの戦闘タイプ。特殊個体もそのパワーアップ版で、大きく変わるやつはいなかったはずだ。見るだけで強度を測るようなこと、できないと思うけどな」

ヴォルフリートは人気のモンスターだったので、スキル構成や行動パターンなどの情報は、検証勢と呼ばれる有志のプレイヤーによって、かなり詳細に調査されていた。

プレイヤーの仕掛けた罠を感知することもあるが、これは嗅覚や触覚といった五感を駆使したものので、プレイヤーの使う障壁や、「～ウォール」と名の付く魔術スキルによる障害物などは、力業で叩き潰すのがヴォルフリートの戦い方である。

「モンスターの中には、スキルによる障壁や魔術で作り出した障害物の強度を、攻撃せずに察する個体もいます。今回現れたヴォルフリートも、そうなのかもしれません」

ここでシュニーが意見を出した。

多くのモンスターと戦ってきたシュニーは、シンやミルトの知らない、ゲームのころにはなかった反応を知っていたようだ。

「シュニーは、『栄華の落日』のあとにヴォルフリートと戦ったことはあるのか？」

「ありません。神獣と呼ばれるモンスターの多くは、滅多に人前に姿を見せませんから。先ほどの話も、あくまで経験則です。ただ、一般的なモンスターにできることを神獣ができないというのは考えづらいです」

「確かにねぇ」

今のところ、目撃されたのは一回のみ。

壁自体は広範囲に展開されているので、観察するだけならどこから見ても変わらないはずだ。

「わからないことばかりだな」

謎がひとつ解決すると、新しい謎が湧いてくる気がした。

「はいはい。考え込むのはそこまで。もういない相手のことより、今はやることがあるでしょ」

場の空気を切り替えるように、フィルマが割り込んできた。

「そうだな。城に向かうか」

知り合いはすでに移動してしまっている。どこまで進んでいるかわからないので、追いかけることはせずに直接首都に飛ぶことにした。

王城から連絡も行くはずなので、フィルマに促されるまま、シンは転移を起動する。

キルモントの首都から少し離れた場所に転移したシンたちは、馬車を具現化して門へ近づく。

順番待ちをしている人々から視線が飛ぶが、シュバイドが御者台に座っているからか、文句を言われることはなかった。

初代竜王であるシュバイドが国を出た話は広まりつつあるようで、並んでいる人からは、本物なのか、似ているだけでは、などと憶測が飛んでいた。

「城までご案内いたします！」

門に到着すると、待っていたとばかりに騎士から声がかかる。

普段は閉じられている、軍や貴族などを迎えるための門を通り、シンたちは首都の中へ入った。

先導されて城に入ると、騎士が馬車を預かると申し出てくれたが、カード化できるからと断り、その場で収納して見せた。

「戻ったか。報告は聞いている。よくやってくれた」

案内された部屋に入ると、キルモントに残っていた王や重鎮たちから、感謝の言葉がかけられる。

教会戦団のライナたちもおり、ミルトに笑顔でうなずいていた。

「これが連絡用のモンスターか。遠方と連絡が取れるというのに、必要な餌《えさ》が一日にパンひとつとは。恐ろしいものよ」

シンもプチスライムの生態には詳しくない。ただ、イレブンがそれで十分生きていけるというのだからそうなのだろう。

遠距離通信は、この世界では途轍もない価値がある。

今のところ連絡を取れるのがイレブンだけだとしても、価値としては十分だ。

「しかし、本当に褒美《ほうび》はいらぬと申すか？　此度の一件、功績の大きさは勲章《くんしょう》ひとつどころの話ではないぞ」

シュバイドが元竜王であることや、シュニーがこういった緊急時に報酬を多く求めないことなどを考慮しても、礼のひとつで済ませられるはずもない。

壁の設置による安全の確保、高レベルモンスターの群れへの対処、さらに長年の負担であった、モンスターが大量に出現する氾濫の鎮静化まで、ほぼ成功させたのだ。

氾濫についてはまだ完全な解決ではないが、幸い、イレブンは金や土地といった人間の欲しがるようなものは必要としていない。よって、こちらから侵攻するような無謀なことでもしない限り、問題はなかった。

イレブンからは、面白そうなものがあれば物々交換がしたいと言われたくらいだ。

「今回の一件で、我々も十分な利益を得ています。これを見てください」

そう言って、シュニーはアングアイニの残骸から取れたオリハルコンの塊を、テーブルの上に置いた。

ザイクーンは目を細くし、オリハルコンの塊を見つめている。他にも、何人か目を見開いているドラグニルがいた。

拳三つ分はあるだろうオリハルコンの塊が、どのような価値を持つか、わかっているのだ。

「これと同じものが馬車いっぱいにあります。そして、これ以外の魔法金属もいくつか」

「なんと……！」

オリハルコンのインゴットひとつで、白金貨が動く。

それが馬車いっぱいあるとすれば、驚天動地の話だ。

実際、目を見開いていたドラグニルたちは口が半開きになった。

「さらに言うならば、私たちにはこれらを、完璧に扱うことのできる鍛冶師がいます。利益として十分すぎることは、ご理解いただけるかと」

「……で、あるな。金額ならどれほどの値になるかわからぬし、それらを使って作られる武具の価値も計り知れん」

オリハルコンをシン以上に扱える者はいないと言っていい。

ゲーム時代のプレイヤーの中には、シンと同等の腕前を持つ者もいたが、生産系のプレイヤーは死亡者数が少なく、この世界に来ている者はさらに少ない。

シンの正体を知っているザイクーンは、それがわかるだけにうなずくしかなかった。

「やれやれ、満足な礼もできんとは。せめて勲章のひとつでもと言いたいところだが、シュニー殿は受け取ってくれぬからな」

「シュバイドが関係している国とはいえ、特別扱いはできませんので」

困ったものだと、ザイクーンは溜息《ためいき》をつく。

シュニーはいくら功績を挙げても、地位や称号、勲章などの返礼は一切受け取らない。

シュニーの目的は、自分や月の祠《ほこら》の名を広め、シンが戻ってきた時に見つけやすくすることだけだった。

どこの国にも所属せず、深い関わりを持たず、実を捨て、名だけを得てきた。数百年続くその姿勢は世間に知れ渡っている。

ただその姿勢は、誠実に感謝を伝えたい国にとっては困りものだった。

言葉だけでは伝えきれない感謝を形で示したくても、受け取ってもらえないのだから。

「本来ならば、国を挙げて歓待するところなのだがな。仕方あるまい。今祝賀会など開けば、むしろ余計な迷惑をかけかねん」

キルモントは大陸でも指折りの大国だ。

それゆえに貴族階級も多く、様々な考えを持つ者がいる。王や上層部の目を盗み、秘密裏に接触しようとしてくる者たちが多かった。

「我らは他にもやらねばならぬことがある。すまんが、あまり長くは留まれんのだ」

シュバイドがザイクーンに語りかける。

「今回の一件絡みか？」

「いや、別件だ。差し迫った危機があるわけではないゆえ、今回はこちらを優先した。だが、いつまでも放っておくわけにはいかん」

シュバイドは、冥王についてはぼかして話した。

シュニーと行動をともにしているのも、何か事情があると匂わせるのに一役買っている。

シュニーは大陸中を渡り歩いていると言っていい。複数の案件を抱えることもあり、誰もシュバイドの言葉を疑う様子はなかった。

シュバイドに好意を抱いているらしいシュマイアが、目に見えて気落ちしているのがわかったので、心の中でシンは詫びた。

合流してからシンに忠義を尽くしてくれるシュバイドだが、そういったことにも目を向けてほしいと思う。

いくら自身が作製したサポートキャラクターといえども、一生尽くせ、などという気はない。

「やれやれ、ここまで世話になっておきながら、何もできんというのは歯がゆいものだ」

「今回のような一件が何度もあっては困る。すまんが、後のことは頼むぞ」

シュバイドが言う「後のこと」とは、シュニーの情報を得ようと接触してくる者たちへの対処も含まれている。というより、半分以上がそれだ。

シュニーが関わったというだけで、他国の外交官から情報開示を要求されるのだ。

今回はシュニーだけでなく、シュバイドも参戦し、さらに協力者までいた。

目撃者も多く、情報が漏れるのを止めることはできない。他国からの接触は今までと比べても多くなるだろう。

助けられた側が大変なのはいつものことだと、ザイクーンは笑っていた。

その後、報告の詳細といくつかの話し合いを済ませ、すぐに別れを告げる。

そんなシンたちに、ザイクーンは姿勢を正し、真剣な表情で言った。

「最後になるが、お主らが必要とするならば、我らは必ず力を貸す。それだけは覚えていてほしい」

姿勢を正したのはザイクーンだけではない。キルモントを動かす重鎮たちに、軍の各部隊の隊長たち、教会戦団の面々もまた真剣な面持ちでシンたちを見ていた。

言いたいことは皆同じ。言葉にせずとも、それは伝わってきた。

「私たちだけではできないことも多くあります。いざという時は頼りにさせていただきます」

代表として、シュニーが返事をする。

ザイクーンの視線が自分に向いたのに気づいて、シンもうなずいた。

部屋を辞したシンたちは、ベイルリヒト王国に飛ぶべく移動を始める。

ミルトもついてきたそうにしていたが、教会戦団の一員としてきている以上、突然抜けるというわけにはいかない。

罪滅ぼしとして十分働いたと認められているらしいので、手続きを済ませたら合流すると言っていたが、冥王との接触には間に合わない可能性が高そうだ。

途中で空気を読まない連中に声をかけられないよう、移動を始めたと同時に【隠蔽《ハイディング》】で姿を消した。当然、許可はもらっている。

誰にも気づかれずに城を出ると、壁伝いに門の近くまで移動して、物陰から何食わぬ顔で通りに出る。そのまま門をくぐり、頃合いを見計らって転移をしようと考えていたシンに、一通のメッセージが届いた。

「ベレットからか」

黄金商会副支配人であるベレットからの調査報告は、定期的に届いていた。

未だに行方《ゆくえ》がわからないギルドハウスの捜索は、黄金商会の情報網をもってしても、遅々として進んでいない。申し訳なさ満載の文面に、むしろシンのほうが恐縮してしまうくらいだ。

今回は何か進展があったのだろうかと、メッセージを開く。

「……悪い皆。少し寄り道させてくれ」

内容に目を通したシンは、シュニーたちに行き先の変更を告げる。

メッセージの内容は、ギルドハウスナンバー3『三式駆動基地ミラルトレア』と、そこで作られていた『金の商人』レードの最高傑作《けっさく》についてだった。

†

「ミラルトレアって確か、まだ行方がわかってなかったギルドハウスよね？　冥王より優先しなきゃならないくらいの緊急事態なの？」

変更の理由を聞いて、ティエラがシンに問う。ギルドハウスが危険なことはティエラも理解しているが、冥王はそれよりも重要だと思っているのだろう。

「見つかったのが俺の担当だったギルドハウスなら、放っておいても大丈夫なんだけどな。いや違うな。見つかったのがミラルトレアだけだったら、先に冥王のところに行くって選択肢もあった」

シンは軽く溜息をつきながら答えた。

『六天』の各メンバーが担当したギルドハウスは、大まかに2系統に分かれる。生産型と戦闘型だ。

シンのギルドハウス『一式怪工房デミエデン』は前者で武器、防具などの研究、開発、生産能力に特化した工房である。内部に保管されている武器が持ち出されると大問題だが、それさえなければ危険はない。

『四式樹林殿パルミラック』と『五色惑乱園ローメヌン』も同系統で、そこにあるだけならば無害である。

それに対して、『二式強襲艦セルシュトース』『三式駆動基地ミラルトレア』『六式天空城ラシュガム』は後者に当たる。

ギルドハウス同士の戦闘を想定しているため、とにかく強力な装備がいくつも取り付けられている。生産能力もなくはないが、生産型と比べるとおまけ程度だ。

海のセルシュトース。

陸のミラルトレア。

空のラシュガム。

どれも強力な兵器としての側面があり、悪用はもちろん、誤作動でも大惨事が起こりかねない代物《しろもの》だ。

件《くだん》のミラルトレアは動く要塞のようなもので、見た目は先端に巨大なドリルを搭載した、装甲列車に近い外見をしている。

戦闘型ゆえの強靭《きょうじん》な防御力と、多彩な兵器類による攻撃力、地中も移動できる機動力を有する。

最大の特徴は内部構造だ。

ミラルトレアは『金の商人』ことレードの担当したギルドハウスであり、内部に人形と呼ばれる、人型ゴーレムの生産設備がある。

材料さえあれば無限に兵士を作り出す工場に近いことができ、圧倒的な物量で敵を追い詰めるという、他のギルドハウスにはできない戦い方が可能だ。

「選択肢もあったって言うけど、どうせ放っておけないんでしょ」

「そうなんだけどさ。今のところ、ギルドハウスの設備が誤作動したことはない。だから、心配しすぎって可能性もある。でも、そのもしもが起こるとちょっとシャレにならない」

ミラルトレアの生産設備が生み出す人形は、素材にしたアイテムによって性能が変化する。

素材にできるのは主に金属と鉱石で、貴重なものであるほど人形の性能が高くなる。

次々に生み出される人形を、レードの人形師としての能力で操ることで、初めて本領発揮となるわけだが、こちらの世界で人形がどう動くのか、判断できない。

もし設備の誤作動で生み出された人形が人を攻撃対象にしたら、下手なモンスターより厄介だ。なにせ材料さえあれば、一定間隔で数が増え続ける。モンスターのように一度出現したらお終《しま》い、とはいかないのだ。

そして、ギルドハウス同士の戦いで人形が狙っていたのは、主に相手のギルドハウスを動かしているプレイヤー、つまりは人である。

誤作動時に、標的が人になる可能性は高いと言っていいだろう。

「ま、一番の決め手は、あいつの最高傑作が動き出してるってところなんだけどな」

「最高傑作というと、レード様、ヘカテー様、シンの三名で共同開発していた、巨大な人形のことですか？」

シュニーもあまり知らないようだったので、説明も兼ねて、シンは話す。

「そうだ。レードが基本構造を設定して、俺が外装を作って、ヘカテーが伝達系を張り巡らせた、対ギルドハウス兵器のひとつ。つっても、他のメンバーにも手伝ってもらってるんだけどな」

コンセプトは単純で、希少な魔法金属をこれでもかと使い、物理と魔法の両方に高い攻撃力と防御力を持たせる。

そうして作られたボディを、貴重な素材を錬金術で合成した特殊繊維で操る。それだけだ。

だが、強い。

動かす前にデスゲームが始まってしまったので、お蔵入り状態だったとはいえ、外装は当時のカンストプレイヤー、シンの攻撃でもなかなか破壊できなかった。

「シンの攻撃でって、なんでそんなの作ったのよ」

「なんでってそりゃ……できそうだったし、あと面白そうだったし」

ゲーム時代は、面白そうだからやる、なんていうのは当たり前だった。

半分くらいネタだったのは間違いない。

レードに限らず、ネタに走っていたらすごいものができたというのは、よくあることだった。8割ほどはガラクタになるのだが、たまに成功するから面白い。

シンのアイテムボックスの中にも、似たような試みで作られた装備が眠っている。

HPの上限が1パーセントになる代わりに、物理系のステータスが跳ね上がる『火事場の馬鹿力大剣』。

すべての被ダメージが10倍になる代わりに、回避に関わる能力が3倍になる『当たらなければどうということはない鎧』。

パーティメンバーを1人即死させ、一定範囲内の敵に大ダメージを与える矢を放つ『1人は皆のために大弓』。

ジャンルを問わず、他のコンテンツの装備を再現しようとしたり、能力上昇の上限に挑戦したり、ゲームだからこそできる挑戦をいくつもした。

レードの最高傑作は、その集大成に近い。

「……たまにシンが、すごいのかすごくないのかわからなくなるわ」

シンが例として挙げた武器の説明を聞いたティエラは、頭を抱えてしまった。

誰が使うんだという装備の数々。

生死のかかった戦いが当たり前のこの世界では、誰も作ろうとはしない。ましてや、その素材が貴重な魔法金属と言われれば、頭を抱えたくもなるだろう。

「信じられないかもしれないけど、昔はこのくらいのバカは、皆やってたんだよ。そういう時代もあったんだ、くらいに考えればいいんだって」

「『栄華の落日』前の世界っていったい……」

エルフの園《その》で聞いていた『栄華の落日』以前の世界は、様々な技術が大きく発展した繁栄《はんえい》の時代として語られているらしい。

シンの話とのギャップに、ティエラは困惑せずにはいられなかったようだ。

「ほらほら、昔の話はこれくらいにして、肝心のミラルトレアはどこにあるの？」

「エストの中央から、北東に進んだ先の山中って書いてある。詳しいことは直接話したいらしい。まずはベレットのところに行こう。今はバルメルに来てるみたいだから、転移ですぐだ」

フィルマに、メッセージに書かれていた目撃情報があった場所を伝えながら、シンは結晶石を取り出した。

ベレットは、本来は自分が出向くところのなのだがと恐縮していたが、大陸中を移動しているシンたちの居場所を正確に把握し続けるのは、いくらベレットでも不可能だ。

シンたちはすぐに転移で移動できるので、来てもらうより、こちらから移動したほうが断然速い。

バルメルの近くに、こっそり登録しておいたポイントに転移すると、馬車を具現化して街道を走る。

馬車を引くのはカゲロウだ。前を走っていた馬車の御者が、追いついてきた馬車を引いているのが馬ではないと気づいて驚いていている。

そしてシンの姿を見ると、今度は「ぐぬぬ！」とでも言いたげな表情になった。

「カゲロウはともかく、なんで俺の顔を見て悔《くや》しげな表情になるんだ？」

理由がわからず、シンはつい疑問を口にした。

【分析《アナライズ》】によると、御者の男は商人のようだ。

シンの隣に、女性陣の誰かが座っていたのなら、男の気持ちも理解できる。シュニーをはじめ、全員が美人と言って差し支えない容姿をしているからだ。

しかし、現在御者台に座っているのはシン1人だけ。

埃除《ほこりよ》けと装備を隠す意味も込めて、足首近くまである丈《たけ》の長いマントを羽織《はお》っているので、高級そうな装備に悔しがる、ということもないはずだった。

「馬車を引いているのがカゲロウだからでしょう。大型モンスターを手なずけて馬車を引かせられるのは、大きな商会の中でも特別に優秀な商人が多いです。シンもその1人だと思われたのかもしれません」

シュニーが、馬車の幌《ほろ》の中から身を乗り出して教えてくれた。

大型のモンスターは、普通の馬に比べて力も持久力も桁違いだ。

大量の荷物を一度に運ぶこともでき、賊や野良《のら》のモンスターと戦闘になった際は戦力になる。敵を蹴散《けち》らすことすらあるらしい。

しかし大型モンスターは相応の食事が必要となる。それらを常時賄《まかな》えるほどの資金力が求められるのだ。

「今の商人には、シンがそんな特別な商人に見えたのでしょう。この馬車も見る人が見れば、ただの馬車でないことはわかります」

砂海を越える時にさらにカスタムしているので、普通の馬車と比べると性能は段違いである。

見た目はさほど変わらないようにしているが、徹底的に偽装処理をしているわけではないので、詳細はともかく、手がかかっているのはわかるらしい。

「それでも、俺が商人に見えるのか？」

馬車を使うのは商人だけではない。自分を見てすぐに商人と判断するのは早計ではないか、とシンは感じた。

「シンは冒険者のような荒々しい気配を纏《まと》っていませんし、埃除けのマントは、旅の商人が身に着けるもの。あとはこの馬車が、冒険者や傭兵が移動に使うような見た目ではないことも、シンを商人と勘違いした要因ではないでしょうか」

シンたちの使う馬車は汚れ除けの処理もしているので、泥や埃で汚れることはほとんどない。

質が良く、汚れもほとんどない馬車は、戦闘や獲物の輸送を生業《なりわい》にしている冒険者の馬車とは思われないだろう、とシュニーは言った。

「……でも、とどめはシュニーがさした」

「え？　あ……」

シンの隣にやって来たユズハが、引き離されている馬車を見ながら言った。

シンが振り返って【透視《スルー・サイト》】を使い、馬車越しに先ほどの商人を見ると、悔しげな表情は一転、呆然としていた。

その表情を言葉にするなら『嘘だろ……』といったところか。

「わかいオスは、つよくてりっぱなオスにあこがれる。大きなカゲロウをしたがえて、つがいはシュニー。よこにはユズハ。うらやましくなるのはとーぜん！」

ユズハは尻尾をふりふりしながら何やら自慢げである。

「私は、そんなつもりではなかったのですが」

「シュニーが男なら、護衛と思われたのかな。いや、どちらにしろ羨《うらや》ましく思われたか」

エルフをはじめとした長命種は、冒険者としての経験値も、レベルも高い傾向にある。

そんな相手を護衛に連れているというのも、特別な存在である証《あかし》だ。

さらにエルフの女性は、男性と組むことは稀であり、それもまた商人を呆けさせた要因なのだろうと、話を聞いていたシュバイドが語った。

「変な噂《うわさ》が広がりそうだな。商人のネットワークって広そうだし」

「一応商売もしてたんだし、間違いでもないんじゃない？」

「あっちはおまけみたいなもんだったからなぁ。俺は在庫の補充とか商品開発ばっかりで、店なんて、ほとんどシュニーたちに任せきりだっただろ」

自分の店を持つプレイヤーは、店を構えた国や地域のＮＰＣを店員として雇ったり、サポートキャラクターを店番として使ったりするのが一般的だった。

自分で店先に立つプレイヤーもいたが、シンはそういうタイプではなかったので、サポートキャラに持ち回りで店番をさせていた。

金銭のやり取りは売買のコマンドで行うので、プレイヤーが常にいる必要はなかったのだ。

「そもそも、俺は商人っぽく見えても商人じゃないんだけどな」

ゲーム時代も商人プレイなどしたことがない。

売り物の市場価値を知らないのはまずかろうと調べたことはあるが、それは真面目に商人をやっているプレイヤーに迷惑をかけないように、という気遣いゆえだ。

「さて、無駄話はこれくらいにして、ちょっと道を外れるぞ」

追い越した馬車が見えなくなったところで、シンたちは街道を外れ、林の中に入る。周囲に人の反応はないが、念のためだ。

転移を使い、かつてベイルリヒト王国の第二王女リオンと休憩した地点へ。

バルメルとカルキアの中間くらいの場所だ。氾濫時にモンスターが通る場所なので、人が通りかかることはほとんどない。

念には念を入れて【隠蔽《ハイディング》】も使ってあるので、この場に誰かがいてもシンたちには気づかない。

「出発するぞ」

シンがリオンと行動していた時は、リオンの体力が持つよう、速度を調整していた。

しかし今回はその必要もなく、馬車を引くのはカゲロウだ。

当時よりはるかに速い速度で、平坦とは言いがたい荒野をひた走る。

カゲロウには加減しなくていいと指示したので、街道を走っていた時とは比べ物にならない速度が出ている。

普通の馬車ならくぼみひとつで車体が跳ね上がっているところだが、シンの改良によって、ちょっと揺れるかなと思う程度に抑えられていた。

モンスターが何度も通っているからか、荒野にしては障害物がないのも、揺れが少ない理由のひとつだろう。

「くぅ？　見られてる」

転移してから1時間ほど走ったところで、ユズハが山を見ながらつぶやいた。

「たぶん、カゲロウが気になってるんじゃないか？　もとはあそこにいたんだよな？」

「はい。カゲロウの気配を察知したのでしょう」

自分たちを見ている存在のことは、シンも把握していた。

視線の主は、山の主ミスト・ガルーダだ。

氾濫の際に山に入ってくるモンスターを駆除し、結果論ではあるが、被害を減らす一助となってくれている存在である。

シンはリオンと行動をともにしている時に、ミスト・ガルーダがモンスターを焼き尽くす場面を見たことがあった。それもあって、ミスト・ガルーダの気配にすぐ気づけたのだ。

「くぅ、おやがわり」

かつて、カゲロウの親とともに山を治めていたモンスターであり、残されたカゲロウの面倒も見てくれていたようだと、ユズハが教えてくれた。

カゲロウも気になっているようで、時折顔を山に向けていた。

「神獣が別の神獣の世話をしていたのか。そんなこともあるのだな」

思うところでもあるのか、シュバイドはそうつぶやいて何か考えている。

その横で、セティとフィルマが神獣の繁殖事情について話し始めた。

「というか、神獣って子供を生むの？」

「子供がいるってことは、そうなんでしょ？」

モンスターに里帰りの概念があるかはわからなかったが、少しくらい時間を割《さ》くことはできると、シンは話しかける。

「挨拶《あいさつ》くらいする余裕はあるぞ？」

それを聞いたカゲロウはゆっくりと減速し、立ち止まった。そしてその場で遠吠えをする。

遮蔽物《しゃへいぶつ》のない荒野に、遠吠えはよく響いた。

遠吠えがやむと、山の頂上からミスト・ガルーダが飛び立つのが見える。少し飛んだところで翼を大きく広げた。

何をするのかとシンたちが動きを止めていると、目に見えない波動のようなものが、体を通り抜けていくのが感じられた。

それらがすべて過ぎ去ると、カゲロウは再び走り始める。

「いいのか？」

「いい」

ユズハに確認すると、先ほどの行為が彼らなりの挨拶なのだと教えてくれた。

山へと戻っていくミスト・ガルーダに背を向けて、シンたちは進む。

カゲロウは一切休むことなく走り続け、その日の夕暮れ前に、バルメルに到着できた。

門が閉まるぎりぎりの時間だったようで、他にも急いだ様子の馬車が見える。

「ん？　兵士がこっちに来てないか？」

バルメルに入るために順番待ちをしていると、門から出てきた兵士が、こちらへやってくる。

別の誰かに用があるのだろうと思っていたが、向かってくる兵士とばっちり目が合ったままだ。

「大氾濫で顔を覚えられたんじゃない？」

セティが言った。

「それはあり得るな」

シンが初めてバルメルにやってきたのは、モンスターの大群が押し寄せる氾濫という現象の、規模が大きいバージョンである大氾濫が起きている時だった。

リオンとともに行動していたのは知られているだろうし、元プレイヤーのひびねこたちと共闘したのも有名だ。

門番に顔を覚えられていてもおかしくはない。

「失礼。私はバルメル第3分隊所属のカッシルという者だ。あなたはシン殿で間違いないだろうか？」

「はい。そうですが、どういったご用件で？」

「そう警戒しなくてもいい。黄金商会の副支配人から、シン殿が来たらすぐに知らせるようにと、通達が来ているのだ。私は大氾濫の時、前線の部隊にいたのでな。貴殿の顔を覚えていた。それゆえ、こうして声をかけに来たのだ」

最優先の指示が出ているらしく、順番待ちを飛び越えて中に入れるらしい。

「ベレットが手を回してくれたわけか。門番の部隊に通達が来るってことは、もっと上に働きかけたな」

軍の上層部とも関係がありそうなことを言っていたので、その伝手《つて》だろうかとシンは考えた。

「ベレットって、レード様の配下だった人よね。そんなに偉くなってるの？」

「そういえば、セティは知らないんだったか。今じゃ大陸中に販路を持つ大商会。それが黄金商会だ。俺もこっちで初めて会った時はびっくりしたもんさ」

セティの知る黄金商会は、数ある商会のひとつでしかないはずだ。

運営者がベレットなので扱う商品は一流。ただし、昔は販路を限定していたので規模はさほど大きくなかった。

隠れた名店のような位置づけだったとシンは記憶している。

現在はシュニーの発案により、プレイヤーキラーの動向も、継続して調査してくれている。

ただ、プレイヤーキラーは身を隠していることも多く、確定情報はなかなかつかめていないようだ。

犯罪を請け負う組織に身を寄せているのだろうか。もしくは、瘴魔《デーモン》に取り込まれたあの男のようになっているか。

「――んぶ⁉」

『殺してくれ』と懇願した男の最期を思い出していたシンは、突然視界がふさがり、柔らかいものに顔が包まれて混乱した。

とっさに反撃しなかったのは、敵意も殺気も感じなかったから。

「なんだか怖い顔になってるわよ。はーい、リラックスリラックスー」

身を乗り出したフィルマに、頭を抱きしめられていた。おまけに、なぜか衣装が砂海で使った耐熱装備。結果として、胸に顔をうずめる形になっている。

「フィル姉がこっそり着替えてたのは、そういうことだったのね……」

セティの呆《あき》れたというセリフが、シンの耳に届く。

今までの会話からプレイヤーキラーのほうへ考えが向くと、予想していたのだろうか。

本人に悪意がまったくなく、そのうえで完全な不意打ちだったのでかわせなかった。近接重視のステータスだけあって動作が素早い。

シンは見えないながらも、フィルマの腕をつかんで拘束を解く。フィルマも抵抗せず、あっさりと解放された。

「もうちょっとやりようがあるだろ」

「シュニーに任せてもよかったけど、こういう場所じゃやりにくそうだったから」

その言葉にシンがシュニーのほうを向くと、恥ずかしそうに視線をそらした。

シュニーもシンの変化には気づいていたようだ。

「こういう機会ってなかなかないし、ちょっと面白い体験だったわ。シンが望むなら、またやってあげてもいいわよ？　大きさは知ってても、触り心地は知らなかったでしょ」

衣装のデザインもあって、自己主張の激しい胸を、フィルマは自ら寄せて上げてみせた。

シュニーに負けず劣らずのそれが、さらに存在感を増す。

セティが自分の胸を見て、またフィルマの胸を見て、悲壮感漂う表情になっていた。

「望むわけがないだろ。勘弁してくれ」

設定を考えたのはシンなので、確かにサイズは知っているが、イエスと言えるはずもない。

からかわれているのはわかっているので、両手を挙げて降参のポーズをとる。なんとなく、セティには心の中で謝っておいた。

同時に、向けられる視線の鋭さにシンは戸惑う。

「ええと、シュニーさん？　もう少し視線を緩めていただけると助かるんですが……」

物理的な威力があるのではないかと思えるほど、シュニーの視線が痛かった。

加えて、シュニーほどではないが、ティエラの視線も痛い。

「かわそうと思えばできたんじゃないの？」

「これだから男ってやつは」

ティエラとセティから冷ややかな視線がガンガン飛んでくる。

原因のフィルマは、口元を押さえて笑いをこらえていた。

「誤解だ！」

シンが必死にティエラたちの誤解を解こうとやっきになっている後ろで、シュバイドがフィルマに注意をしていた。

「周囲の目もある。もう少しやり方を考えろ」

「前はこんなことできなかったから、ついね。主人をからかうなんて、こんな時じゃなきゃできないでしょ」

シュバイドもシンの気配が変わっていたことは気づいている。ゆえに、やるなとは言わない。

「しかし、この後どうなるかは考えておくべきだったな」

「え？」

呆れ気味なシュバイドの言葉にフィルマが疑問を覚えた直後、肩に軽く手が置かれる。

そっと触れているようにしか見えない手は、フィルマの動きを完全に封じていた。シュニーの手である。

「フィルマにはいろいろと助けられることもありましたが、今回は少々、話し合いが必要のようですね」

シュニーはいつの間にか、フィルマの背後に音もなく移動していた。その顔には、シンすら恐怖させる氷の笑みが浮かんでいた。

狭い馬車の中でも、職業くノ一の能力は、遺憾なく発揮されているようだ。

「あ、あれぇ？　ここはほら。後で私もしてあげます、的なことを耳打ちして、シンを赤面させるところじゃ……」

「もちろんしますが、それとこれとは話が別です。確かに出遅れたのは私の落ち度ですが、もう少しやり方というものがあるでしょう」

バルメルに到着する前とは打って変わって騒がしい馬車の中。

シンと御者を代わったシュバイドだけが、何事もなかったようにカゲロウの手綱を引いていた。

「止めないの？」

「今くらいはよかろう」

ユズハの問いに、シュバイドは静かに返す。

これまで見つからなかったミラルトレアが見つかった。

トラブルの予感を覚えているのは、皆同じ。今くらいは騒いでもいいだろうというシュバイドに、ユズハも小さく鳴いて返した。

†

「お待ちしておりました。どうぞ中へ」

黄金商会に着くと、待機していたのだろう、ベレットが出迎えてくれた。

店の客や店員の注目を浴びながら、シンたちは店の奥へ進む。

案内されたのは、以前も使った部屋だ。防音や透視対策がされている。

各自が用意されたソファーに座ったところで、ベレットは口を開いた。

「メッセージの内容について、詳しくお話しいたします。まずは発見に至った経緯からです」

シンはうなずいて先を促す。

ベレットによると、エスト東北の山中で猟師が見たというモンスターの報告から、調査が始まった。

山中を動き回るそれを見て、猟師はモンスターの一種だと思い、ギルドに報告した。

しかし、ギルドが調査員を派遣した時には姿が見えず、何かを引きずったような特徴的な痕跡が残されていた。

そんな報告が何件もギルドに寄せられていることに気づいたのは、黄金商会がミラルトレアという動く兵器のことを知っており、尚且《なおか》つ、各地の遺跡やモンスター発見の報告を集めて分析してい

たからだ。

巨大で、胴体部分の長いモンスターで、全身が鋼鉄のようなもので出来ている。

ベレットはその情報に懸賞金をかけ、より精度の高い情報を集めていた。

金目当ての誤情報ももちろんあったが、黄金商会のもつ財力と人海戦術で詳細を詰めていった。

その結果、各地で似た特徴を持つモンスターの報告がされていることが判明した。

「そして、つい先日。我が商会の調査員がミラルトレアを発見しました」

長い説明を終えたベレットの顔色は優れない。

「メッセージカードに書いてあった、もうひとつのほうはどうなってる？」

「はい。ミラルトレアの他に、EX《エクストラ》シリーズと思われる個体が確認されています。私自身が確認したわけではありませんが、集めた情報から考えれば間違いないでしょう。レード様が最高傑作と言われた、あの人形です」

「……本当に間違いないのか？」

シンは念を押すように聞き返した。

EXシリーズとは、レードの人形に与えられるコードネームのひとつだ。

万能型のα《アルファ》シリーズ。

近接特化型のβ《ベータ》シリーズ。

遠距離特化型のγ《ガンマ》シリーズ。

人外型のλ《ラムダ》シリーズ。

用途に合わせて様々なシリーズがある中で、ＥＸシリーズが意味するもの、それは対神獣。

他のシリーズとは一線を画す、特別な人形だった。

「遠視の付与された遠眼鏡ではありますが、調査員が姿を確認しております。各地の目撃情報と、調査員が見た姿や装備の形状から、ほぼ間違いないかと」

調査員は霧の中に消えていくＥＸシリーズの姿を見たらしい。全身ではないが、装備の一部ははっきり見えたようだ。

ベレットは起動前の実物を見ているので、確認できている部分について情報を照らし合わせ、判断したらしい。

各地の目撃情報も、有力と判断したものについては、目撃者本人に紙に書いた絵を見せて確認したようだ。全体像、装備、おおよその体躯など、かなり入念に調査されている。

「あれはまだ、起動試験が終わってなかったはずなんだけどな」

試験と言っても、人形が完成した時の儀式のようなものだ。どの人形も、レードが自分自身の手で起動し、名前を付ける。それがシンの言う起動試験である。

逆に言えば、それをしていない人形はキーがなく、エンジンのかかっていない車のようなもの。動いているのはおかしいのだ。

起動試験の終わった別のＥＸシリーズもあるが、それらの目撃情報はなかった。

「『栄華の落日』後の天変地異ってやつで誤作動したというには、見つかったのが最近過ぎるな」

「はい。あの人形のことは私も知っておりますが、姿を隠すような機能はついていません。大きさも人とは比べ物になりませんからな。動き回っていたのなら、もっと早い段階で人目についているはずです」

どういった行動原理で動いているのかはわからない、とベレットは続ける。

「集めた情報の中には、ミラルトレアらしきものの近くで巨人を見た、というものもありました。巨人についてはEXシリーズで間違いないでしょうが、必ずしも近くで目撃されているというわけはありません」

ベレットは、ミラルトレアがEXシリーズを追っているのではないか、と考えていた。ただ、腑《ふ》に落ちないこともあるという。

「もし意図せず起動して彷徨《さまよ》っているならば、止めようとしてもなんらおかしくはありません。ただ、それならば他のEXシリーズを出して、取り押さえればいいはず。追いかけるだけというのも妙な話です」

ミラルトレアが動いているということは、起動権限を持った人形が活動しているのは間違いない。

整備用の人形を起動させれば、他のEXシリーズを動かすことも可能だ。それをしない理由がわからない、とベレットは言う。

「同士討ち防止機能がついてるってわけでもないしな」

「はい。あれらはレード様の装備品扱いでしたので。しかし、装備品同士で戦うという考えに至っていないとも考えられます」

人形は、人形師のジョブについているプレイヤーの専用装備。正確には武器扱いなので、操ってプレイヤーや他の人形を攻撃させることはできない。

これは人形師というプレイヤーの強みのひとつだ。

陰陽師の式神や召喚士の召喚獣は、装備扱いではないので、混乱や魅了のなどの効果を受けると、主人や他のプレイヤー、味方の式神や召喚獣にも攻撃をしてくる。

デメリットは装備扱いなので、耐久値を下回ると壊れること。

刀や槍などと同じで、耐久値が下がったら素材を使って修理しなければならない。回復薬のようなHPを回復させる作用のあるアイテムも無効だ。

完全に破壊されると、最悪人形をロストすることになる。

式神や召喚獣は回復アイテムが使えるし、HPも自動で回復する。だが完全に同じではなく、召喚獣はプレイヤーに近く、式神は人形寄りといった特徴があった。

メリットとデメリットを比べて、どれを選ぶかもプレイヤーの楽しみだった。

「でも、今は必ずしもそうとは言い切れない。レードの人形には、各自で判断して動くサポートキャラクターに近いやつもいた。最高傑作もそれだ。自分の意思で何かしようとしている可能性はある」

『栄華の落日』以降、自由度の増えた世界では、ゲーム時代には考えられなかったことが可能になっている。

シュニーたちも、サポートキャラクターという立場に縛られず行動していたのだ。自立行動可能な人形が、同じことをしていてもおかしくはない。

「連絡してこないのも、そのせいって可能性もあるか？」

「あり得ない、とは言えませんな。私としては、装備品扱いなので、メッセージカードのようなアイテムが使用できない、という理由だといいのですが」

「なるほど、それもあるか」

剣や槍がアイテムを使わないように、人形もアイテムが使えない。十分あり得る理由だ。

人形に伝言を持たせることも可能だろうが、向こうは向こうで、ベレットたちの居場所がわからないだろう。もしかすると、向こうもベレットたちを探している可能性もある。

「それと、憶測なのですが、ミラルトレアよりもEXシリーズが先に起動した可能性もあります」

「どういうことだ？」

EXシリーズは、ミラルトレアの中に収容されている。

仮にEXシリーズが先に起動しても、ミラルトレアが動かなければ外には出られない。人形用の搬出口をこじ開ければ話は別だが。

「確定情報とは言えませんが、EXシリーズのほうが情報が多く、ミラルトレアよりも前から目撃されていたようなのです。具体的には、ＥＸシリーズらしきものが目撃され始めたのは3年前からくらいで、ミラルトレアは1年ほど前からです」

この時期の差が、ベレットは気になっているらしい。

「なるほど、それならＥＸシリーズが先に起動したって可能性もなくはないか。ん？　でも、ミラルトレアはもう見つけたんだろ？　接触しなかったのか？」

向こうにベレットの居場所がわからなくとも、ベレットはミラルトレアを見つけている。

こちらから接触を試みればいいのではないか、とシンは問う。

するとベレットは、顔をゆがめて首を横に振った。

「見つかった場所が問題なのです。現地の調査員では近寄ることもできません」

「近寄れない、か。詳しく聞かせてくれ」

シンが真っ先に考えたのは、ローメヌンのように、周辺に人を害する何かが存在するというパターンだ。

ローメヌンも、見つけてはいたものの近寄れずに放置するしかなかった、と聞いている。

「ミラルトレアが現在駐留しているのは、グランモスト山脈と呼ばれる地帯の奥深くなのです。多少登った程度なら平和なものなのですが、山脈の奥地は高レベルモンスターが闊歩する危険地帯でして、調査には相応の実力者が求められます。調査員も選定者ではありますが、接近することはできず、遠視の付与された遠眼鏡でどうにか姿を確認できたとのことです」

ミラルトレア周辺に棲息するモンスターのレベルは最低でも500台。それ以上は、調査員には見えなかったらしい。

無理を言って案内してもらった地元の猟師も、破格の報酬に加え、決して戦闘をしない、指示を守るという約束をしてやっと同行してくれたという。調査員も観察に徹するというベレットの指示をしっかり守ったため、大事なく情報を持ち帰れたようだ。

遠眼鏡が黄金商会の特別製でなければ、確認までできなかっただろうと、調査員は話していたという。それほど距離が離れていたのだ。

「さらに言うと、時期が悪いのです。グランモスト山脈は気候が安定しない氷雪地帯でして、今は山全体が雪に覆われています。前回同行してくださった猟師も、登るのは死にに行くのと同じだと言っているそうです」

山脈周辺は気候が、秋と冬を繰り返しているような状態なのだとベレットは言う。山脈から少し離れるとその影響はなくなるらしい。

そういった土地は各地に点在しているので、珍しいものではないのだが、今回は障害となっている。

「なるほど、高レベルモンスターに大雪か。そりゃ近寄れないな」

孤島で戦ったアングアイニの聖地のような灼熱《しゃくねつ》地帯も厄介だが、すべてが凍る氷雪地帯も別の意味で面倒だった。

ゲーム時代でも、氷雪地帯の雪山は難関だと言われていた。それが現実でとなれば、調査の困難さはゲーム時代の比ではないだろう。

「これらの情報をお伝えするにはメッセージでは長くなってしまいますので、こうしてじかに話をさせていただいたというわけです」

少し考えてから、終始恐縮しているベレットにシンは問いかけた。

「……本当にそれだけか？」

今までの話をすべてメッセージに書くとなれば相応の枚数になるだろう。それでも直接話さなければならない内容だと、シンには思えなかった。

「やはりおわかりでしたか。はい。今回直接お会いしたかったのは、お願いがあったからでございます」

そう言ってベレットは立ち上がり、床に膝をついた。

「皆様に比べれば、私は弱く、足手まといになることはわかっております。ですがどうか、私をともに連れていっていただきたいのです」

ベレットは深く頭を下げ、はっきりと口にした。

この世界でという意味ならば、ベレットは決して弱くはない。しかし、戦闘面に力を入れて育成されたシュニーたちと比べてしまうと、ベレットは一段低いと言わざるを得なかった。

ステータスは高いもので６００を超える程度であり、平均すると５００といったところ。

装備なしでステータスが７００を突破するシュニーたちに同行するには、物足りない数値だ。

しかし、それでもベレットはついて行きたいと口にした。

ベレットを連れていくメリットはある。だが、それは必要でもない。シンがいればミラルトレアに入れないということもなかった。

「なんだそんなことか。むしろ、一緒に行かないって言われたほうが違和感があったぞ」

とはいえ、それはステータスだのシステムだのといった、実用的な話。感情は別物である。

二式強襲艦セルシュトースが見つかった時に、時雨屋《しぐれや》の面々が同行を願い出たように、ベレットもついてくるのは当然だとシンは思っていた。

「……ありがとうございます」

「おっと、礼を言うのはこっちだ」

より深く頭を下げようとするベレットを、シンは止める。

「俺たちだけじゃ、何か事件でも起こらない限り、ミラルトレアは見つけられなかっただろう。今だって、情報収集を任せっきりだからな。それに、自分の仕えていた相手のギルドハウスが気になるのは当然だ。俺だって、仲間のギルドハウスがどうなってるのかは気になるし、悪用されないように押さえておきたい。お互いに必要なことなんだ。だから礼はいらない」

少しかっこつけ過ぎたかなと内心で苦笑しながら、シンは思ったことを口にした。

視界には映っていないが、シュニーたちもうなずいている気がする。

「では、これまで以上に情報収集を頑張らせていただきましょう。残すはシン様のデミエデンだけでございますから」

「俺のギルドハウスは、マジでどこにあるんだかな」

地面の下か、海の底か、ミラルトレアと同じように人の入らぬ山奥か。はたまた壊れてしまったか。無事なら早く見つかってほしいと願うばかりである。

「すぐに出発いたしますか？」

「ああ、今のところ人が近づけるような場所じゃないから、誰かが遭遇して接近する、なんてことはないだろうけど、ＥＸシリーズが自分で山を下りる可能性もないとは言えないからな。急いだほうがいいだろ？」

今のところ、目撃情報から作成されたミラルトレアとＥＸシリーズの移動経路は、人目につかない場所ばかり。ベレットのもとに届いている目撃情報は山や森の奥深くといった人気《ひとけ》のない場所か、物理的に人が近づけない場所ばかりなのだ。

近づけない場所の中には、神獣の支配領域と思われる場所も含まれている。

ミラルトレアもしくはＥＸシリーズを目撃したのは、その土地で長年暮らしてきたベテランの猟師や経験豊富な上級冒険者が多く、普通の人は足を踏み入れない場所に向かえるだけの実力を持っていた。

未知のモンスターと判断して、迂闊《うかつ》に手を出さなかったのが、不幸中の幸いだろう。運悪く正面から出くわした者もいるらしいが、攻撃されることはなかったという。

「いえ、多少時間がかかってもおそらく大丈夫かと。先ほど行動原理がわからないと言いましたが、それはどうやって行き先を決めているのかであって、何を目的としているのかはおおよそ判明しているのです」

「どういうことだ？」

「詳しい話は道中でいたします。時間があると言っておいてなんですが、どうも気が急《せ》いてしまいまして」

ベレットなりの根拠があるようだ。

ずっと情報を集めていたベレットが言うのならと、シンは話を先に進めることにした。急ぐにしろそうでないにしろ、出発は早いほうがいい。

「移動方法は空と陸、どちらをお使いに？」

「陸だな。ビジーに確認したけど、ドラゴンはまだ動かせない。転移でもかなり距離が稼げるから、あとはカゲロウに頑張ってもらうしかないな」

空を飛んでいければ大幅な時間短縮になったのだが、カシミアのサポートキャラのビジーからは、ドラゴンは繁殖期を脱したばかりで、まだ人を乗せて長距離を移動するのは難しいと返答があった。

ラシュガムには大小さまざまなドラゴンが棲息しているが、空を飛ぶのが得意でなかったり、そもそも乗せられなかったりと、移動手段として使える種は意外と少ないらしい。

「承知しました。地図はこちらで用意しています。このメンバーであれば滅多なことはないでしょうが、なるべく障害のないルートのほうがスムーズに移動できるはずです」

国同士の戦争が少ないこの世界でも、詳細な地図は貴重品だ。

冒険者や商人は、大雑把《おおざっぱ》な地図に自分たちなりの道や目印を書き込んで、独自の地図を作る。本当に正確な地図を持っているのは、ほとんどの場合軍隊だ。

ただ、黄金商会は例外のひとつである。

空から正確な測量を行い、下手をすれば軍よりも正確な地図を作り上げていた。もちろん、黄金商会でもほんの一握りにしか知らない極秘事項である。

「では、店の者に出発を伝えてまいります。しばしお待ちを」

大まかなルートを決めると、ベレットは部屋を出ていく。いつでも出発できるように、引き継ぎは済ませておいたようだ。

店を出た一行は、まっすぐに門へと向かう。

その際、領主が会いたがっているという伝言があったが、ベレットが却下した。

どうやらシンがAランク冒険者として認められ、バルバトスでは危険な海域に向かい無事帰ってきたことなどが、伝わっているらしい。

引き留めるよう言われているのだろう、渋る兵士。

だが、黄金商会の副支配人であるベレットに加え、シュニーも名を明かして、可及的速やかに現場に向かわなければならないと言えば、待てとは言えないようだった。

シンも、領主と話をするとなれば、短時間ではすまないことくらいわかる。悪いがここは行かせてもらうことにした。

「少し強引に出てきたけど、あとで問題にならないよな？」

「私とシュニーには、領主や他国とは違ったつながりがありますから、協力を要請されたとでも言えば大丈夫です。実際、問題にはできません。月の祠がなくなった今、シュニー・ライザーと確実なコネクションのある組織は、我が黄金商会のみ。下手に機嫌を損なえば……ということです」

月の祠に出向いてもシュニーと会える可能性は低かったが、伝言を頼むことはできた。運が良ければ直接話すこともだ。しかし、今ではそれも不可能。

黄金商会には、以前にも増してシュニーへの取次ぎを求める声が寄せられているらしい。

「俺と合流してからほとんど、派手な活動をしてないからな。その辺は大丈夫なのか？」

「以前も話した通り、名を広めるよう動いていたのは、目的があったからです。今はもう、その必要はありませんから」

「我が商会としては、シュニーが活躍してくれると利益につながるので、多少は活動してもらえると助かりますがね」

もちろん、それに胡坐《あぐら》をかいて商売を疎《おろそ》かにする気はありませんが、とベレットは断言した。

「皇国でのこともある。活動としては当分、あれだけで十分だろう」

シュバイドの発言に、商人としての勘が刺激されたのか、ベレットが瞬時に食いつく。

「ほほう。何やら面白そうなお話が聞けそうですな」

隠すような話ではないので、情報が出回るまではオフレコで、と前置きして事情を説明した。

「モンスターの発生がなくなる、ですか。緩衝地帯の土地が使えるようになると、実質国土が広がるようなものですな。おそらく、向こうの支店でも情報をまとめている最中でしょう。いやはや、ハイヒューマンの方々はどこへ行っても活躍されますな」

「それ、俺がどこに行っても暴れ回ってるって言ってないか？」

悪魔との戦闘然《しか》り、リフォルジーラとの戦闘然り。

バトルが日常といって差し支えなかった。

シンが意図して暴れているわけではないのだが、行く先々で大規模戦闘が起こっているようにも見えなくはないだろう。

「失礼な物言いかもしれませんが、それでいいのだと思います。シン様が関わられた騒動の多くが、シン様がいなければ解決しなかった、もしくは多くの犠牲を出した可能性は高いと思います。セルシュトースの件やエルクントの悪魔騒動。ヒノモトの神刀御前試合のモンスター侵攻にも関わっておられるのでしょう？」

「なんで知ってるんだよ」

小さな島国でしかないヒノモトの情報まで、ベレットは把握していた。ネットワークの広さに、シンも驚きを隠せない。

「セルシュトースについては、ザジたちから連絡がありましたし、エルクントは支店があります。ヒノモトも取引先ですが、モンスター侵攻については、確定と言える情報はありません。噂からの推測です。しかし、あれだけ情報が出回っていれば、シュニーたちが関わっているのはすぐにわかります。シン様の情報は隠されていたようですがね」

シュニーたちは姿を隠していなかったので、戦闘の様子も含めてすぐに見当がついた、とベレットは言う。

「とくに露出の多い鎧を着て空を飛び、大剣と炎で敵を焼き尽くすなんて、フィルマ以外に想像ができませんし」

「あらぁ？　なんだか色物扱いされている気がするわね」

「特徴的ということですよ。私でなくとも、『六天』の配下ならば、もしやと思うでしょう」

少し剣呑《けんのん》な雰囲気を出すフィルマに、ベレットは表情を崩すことなく返した。

少しと言っても、セティやティエラがさりげなく距離を取るほどなのだが、さすがは黄金商会副支配人と言うべきか、ベレットに臆《おく》した様子はない。

「シンも、ネタに走ったと言っておったからな」

シュバイドが思い出したように言った。

「いや、だって面白そうだったし。それに、同じような戦い方で有名なプレイヤーだっていたんだぞ？　空から降る流星ミーティアさんは、大規模戦闘じゃ特攻の代名詞と言われてたくらいだ」

魔力放出による高速移動。一時的とはいえ、【THE NEW GATE】では不可能な飛行に近いものを体験できると、そこそこ知名度はあった。

それこそ、全身を魔力放出装備で固め、馬上で使うような大槍を構えて敵陣に突撃する、なんて戦い方をするプレイヤーまでいたくらいだ。

ちなみにミーティアさんとは、そのプレイスタイルを極めたプレイヤーで、敵の陣形を無視して本陣に突っ込む姿からついた二つ名が『空から降る流星』である。

なお、突っ込んだ後、無事に帰ってこられる確率は2割ほどだという話だ。

「ちょっと！　そこはネタ装備ってところを否定してよ⁉」

「そういう印象が出回りすぎてたからなぁ」

魔力放出は武器にも付与できる。

剣の側面に付与して振る速度を上げたり、投擲用の短剣や槍に付与して威力や射程を上げたりと役に立てようと思えば使い道は多い。

ただ、使いこなせず変な踊りのようになっていたり、狙いを制御できずに明後日の方向に飛んでいったり、果ては失敗前提で作ったお笑い動画まで出回っていたため、ネタ装備という印象がとても強くなってしまっていた。

「ブーツに付与して空飛ぶジェットブーツとか、俺もやったよ。飛び上がったはいいけど制御できずに、地面に突っ込んだっけ」

使いこなせば強いが、それができる者が少ないせいで、不遇な装備やスキルは少なからずあった。

魔力放出は見た目のインパクトもあって、ギャグ要素として使いやすかったため、ネタ扱いが広がったのだろう。

「シュニー！　シンがいじめるー！」

「よしよし」

シンもおちょくる側に回ったと思ったのか、よよよとフィルマがシュニーに抱き着いた。

そんなフィルマをなだめながら、シュニーがシンに視線を送ってくる。込められた意味は、「やりすぎですよ」といったところか。

「悪い悪い。有用なのはほんとだよ。そうじゃなきゃ、わざわざ装備に付与したりしないって」

ゲームだったとはいえ、苦労して育てたサポートキャラクターにネタ装備をつけてふざけるような趣味は、シンにはない。

魔力放出は武器に付与するもの、というのが鍛冶師の間でも一般的だった中で、フィルマの装備である『虚漆の魔術鎧』は、防具として成功した数少ない作品だ。

普通はフィルマのように大ジャンプの補助どころか、乱回転しながら吹っ飛んでいく。当然着地などできるはずもなく、まさにギャグのような胴体着陸をする羽目になる。

「そんなに有用なら、シンの防具にもつければよかったじゃない」

「やらなかったわけじゃないぞ？　ただ、まっすぐ跳べなくてな」

ロケットのようであっても、空は飛んでみたい。

魔力放出の付与を覚えた鍛冶師は大抵その思いを心に抱き、同じように失敗するのが通例だった。

装備のデザイン、魔力放出する位置、出力の調整その他諸々。

まっすぐ飛ぶには、かなり細かい調整が必要であり、万人に供給するには向かない装備だと、資材と金と時間を費やして学ぶのである。

ちなみにシンも、自身の『冥王のコート』に付与して、盛大に地面を転がった経験があった。失敗はすでに身をもって体験している。

「だから、ちょっと羨ましくもあるんだ。今の俺のＭＰなら、ちょっとした飛行と呼べるくらいいけるはずだからな」

「あら、作ったのはシンなんだし。シンが使ってもいいのよ？」

「あれは装備してる奴の体形も関係しているからな。俺がフィルマの装備を借りても、地面を転げまわって終わりだよ」

有名人だったミーティア氏の装備も彼女専用だった。他のプレイヤーが装備を借りても、同じような突撃はできなかったのだ。

「もっと調整が簡単だったら、多段ロケットみたいなのもできたんだけどな」

「ロケット？」

ロケットが何かわからないティエラが首をかしげる。

シュニーたちも同様で、聞き覚えのない言葉に、そろって頭上に疑問符を浮かべていた。こっちの世界にはないのだから当然だ。

「魔力放出みたいな推進装置を使った道具だ。まあ、実際に作れたところで宇宙なんて実装されてないから、エラーが起こるか修正されるかだったんだろうけどな」

ファンタジー技術で現代の設備を再現しようとするプレイヤーは多く、シンは誰かがやっただろうという確信があった。

「つまるところ、現状ではフィルマの専用装備ってことだな」

「なんか腑に落ちないわ」

「いいではないですか、他者が真似できない特別な装備は貴重ですぞ」

「ベレットが言うと実用的な意味じゃなくて、金銭的な意味に聞こえるわね」

どちらも貴重という意味では合っている。

金銭的な意味に聞こえるのは、ベレットのジョブや性格を知っているからだろう。

「さて、そろそろ道をそれる。おしゃべりは一旦終了だ」

周囲に馬車や旅人の姿がなくなったのを確認して、シンは近場の林へ進路を向ける。

たわいない話をしながら進んでいたのは、バルメルを出た直後だと周囲に人の目があったからだ。

「まずは現状で一番北にあるジグルスに転移して、相談した通りに北を目指す」

目的地は大陸北端と言ってもいい場所にある。シンの設置した転移ポイントで最も北寄りのジグルスに転移し、そこから馬車で北上する。

シンが転移を起動すると、周囲の木々が姿を変える。

転移ポイントも林の中に設置しておいたので、周囲の風景は似たようなものだ。

月の祠から、ジグルスの中心に位置する四式樹林殿パルミラックに転移することもできたが、隠れて門を出るより、最初から門の外へ転移したほうがすぐに移動を始められるので、パルミラックには転移しなかった。

この方法では、月の祠を置いていくことになるという問題もある。

林から出ると、シンはカゲロウに馬車が跳ねまわらない程度に急ぐよう伝える。全力で走ると馬車の中が悲惨なことになるのは経験済みなのだ。

「今回ばかりは、変なのが寄ってこないことを祈るぞ」

手綱を握りながら、シンはつぶやく。

レードの忘れ形見の相手をするのに、余計な邪魔が入っては困るのだ。

土煙を巻き上げながら、馬車は街道を進む。周囲の索敵を終えて、
シンはベレットに話しかけた。

「さて、ここなら誰かに聞かれることはないだろう。そろそろ、時間があるって判断した理由ってやつを話してもらうぞ」

†

「まずはこちらをご覧ください」

ベレットは移動ルートを決める際に使った地図を取り出す。目撃情報のあった場所には印がついていて、一目でEXシリーズの移動ルートがわかる。

「これらは目撃された場所を示しているだけですが、場所ではなく時間で見てみると、見方が変わります。例えばここ」

ベレットが指差したのは、ケルンの中心からエストとの接続部分に向かって進む途中に位置する場所。ここも山岳地帯のようだ。

「ここはグランモスト山脈よりも低いですが、それでも3000メルクラスの山々が連なるバモット山脈。滞在期間は、暫定的《ざんていてき》なものですが、およそ1月。それに対してこちら」

次に指差したのは、そこから北上した先にある楕円形《だえんけい》の記号だ。湖らしい。

「湖と呼ぶにはあまりにも広いカルバエン湖。ここもまた暫定ですが、こちらは少なくとも半年以上。滞在期間があまりにも違います」

「もしかして、こちらは長く、こちらは短い、ですか?」

ふたつの場所と滞在時間から閃くものがあったのか、シュニーが別の2カ所を指差して言う。

ひとつは洞窟《どうくつ》を、もうひとつは森林地帯を指しているらしい。

「シン、代わる」

「いいのか？」

「皆でしっかり聞いておくべき」

御者をしているので、どうしても何度も振り返らなければならないシンを見かねたユズハが、人型になって手綱を取った。

気を付けることは前に馬車や旅人がいないか確認することなので、カゲロウだけでも進むだけなら問題はない。ただ、御者台に誰も座っていないのは不自然だ。

子狐モードから大人モードになったユズハに礼を言ってから、シンは着ていたマントをかける。

巫女装束の女性が手綱を握っているのは、他人が見れば奇妙な光景だ。サイズが自動で切り替わったのを確認して、シンはベレットたちの話し合いに加わる。

「悪い。待たせた」

「いえいえ、では続きといきましょう。シュニーの指摘したパヤック大森林は、巨大な木々と小高い丘が合わさった樹海のような場所ですが、棲息しているのは、普通のモンスターです。対してこちらのジャヤン大洞穴。ここには神獣アギノサウラがいるといわれています」

神獣アギノサウラは、全身が非常に硬い鎧のような外殻に覆われた、四足獣タイプのモンスターだ。

目が退化しており、モグラのように巨大な爪で地面を掘って移動する。鉱物を食べて成長するというファンタジーな生態を持ち、その一部を体に纏って身を守る。

棲息場所によって、ドロップアイテムの変化するモンスターでもあった。

ジャヤン大洞穴は地下500メルを超える長大な洞窟が広がる場所で、その最奥にアギノサウラがいるという。棲息場所としてはぴったりだ。

あくまで噂らしいが、そういった神獣の支配領域というのは各地に点在しているとベレットは言う。

「パヤック大森林の滞在期間はおよそ1カ月。ジャヤン大洞穴はおよそ8カ月。これで私の言いたいことは伝わるかと」

「なるほど、神獣の支配領域にはかなりの期間、とどまってるのか」

神獣の支配領域とそれ以外で、あまりにも滞在期間が違う。

他の場所もそうだ。1カ所、2カ所といった程度なら誤差とも考えられるが、わかっているだけでも神獣の支配領域で5カ所、それ以外で6カ所。滞在期間は明らかに支配領域のほうが長い。

「支配領域の神獣たちは、今どうなってるんだ？」

ベレットの話を聞いて、シンの頭を自分たちが間に合うかどうかとは別の問題がよぎった。

神獣の支配領域は人の住めるような場所ではない。だからといって、積極的に神獣に喧嘩を売っていいわけでもない。

さらに言うなら、喧嘩という程度で済むような戦いにはならない可能性が高い。

「今のところ、神獣が殺されたという報告はありません。戦闘はしているようですが、とどめまでは刺さないようです」

調査員の中には、戦闘後と思われる神獣を発見した者もいる。ボロボロだったが、死んではいなかったようだ。

他にも、戦闘があったと思われる痕跡がいくつか見つかっていた。神獣の支配領域には迂闊に近寄れないので、すべての場所で確認したわけではないようだが。

いずれの支配領域でも、神獣が消えた、もしくは支配領域がなくなったと言えるような場所がないことから、戦うことそのものが目的なのではないかと予想しているらしい。

「神獣を狩って回ってるのかと思ったんだが、違うのか」

ＥＸシリーズのコンセプトは、『神獣とも真正面から戦える人形』だ。

神獣と戦うことはＥＸシリーズの存在意義と言えなくもないが、とどめを刺さない理由にはならない。最終目的は、撃破なのだから。

人形は食料や素材を必要とするわけではないので、現状では必ず殺さなければならない理由もないのだが。

「グランモスト山脈で最初に目撃されたのは、山奥へと進んでいく姿です。麓《ふもと》の猟師が、夜明けに巨人を見た、とギルドに報告したようです。おそらく、移動してきたばかりのころでしょう。そして、我が商会の調査員がEXシリーズを目撃したのが、それから1週間後。今までの事例から考えれば、まだ半年近い時間的猶予《ゆうよ》があると予想できます」

もし山を下りた場合も、山脈を囲むように配置した観測班から、即座に連絡が来るよう手配してある、とベレットは告げた。

麓の村を襲うようなそぶりを見せたら、即座に避難させられる準備もしてあるという。

「それだけ猶予があるってことは、グランモスト山脈にもいるんだな?」

「はい。グランモスト山脈には標高が同じ山がふたつあるのですが、それらの次、三番目に高い山の山頂に神獣マガンナがいると言われています。目撃情報が曖昧《あいまい》なので確実とは言えませんが、グランモスト山脈の天候や街に残る伝承を鑑《かんが》みれば、間違いないかと」

神獣マガンナは上半身が蛇の頭に四本の腕を持つ人、下半身が蛇というモンスターだ。

全長は20メルを超え、地面から立っている部分だけでも5メル以上ある。

上半身は全体が氷の鱗《うろこ》に覆われ、スケイルメイルを着ているような状態だ。

腕力が非常に強く、主な攻撃方法は氷のトライデントを使った物理攻撃。指が三本しかないとは思えないほど、巧みにトライデントを操る。

下半身は鱗そのものが鋼鉄のような硬さで、その上に氷の鱗を纏うので防御力が非常に高い。

鞭のようにしなる尻尾の一撃は、刺付きの鉄球がまっすぐ並んだ状態で飛んでくるようなものだ。

飛び道具は氷のブレスくらいで、神獣の中では珍しい武術に秀でたモンスターでもある。

「一番高い山のどっちかじゃないのか」

回りくどい言い方に、シンは何かあるのかと質問する。

「グランモスト山脈で最も高い山は、それぞれイーラ、ヴェナと呼ばれているのですが、今のところそちらには近づいている、もしくは住み着いているという情報はありません」

グランモスト山脈の中心に、同じ高さの山がふたつ並んでいる。その周囲を囲む山のひとつに、神獣マガンナはいるようだ。

「それと、こちらは未確認情報なのですが、集まった情報と麓の街の領主のもとに残された記録の中に気になるものがありました」

ベレットは、あくまで可能性のひとつとして続ける。

「もしその中のどれかが正しいのならば、グランモスト山脈には神獣だけではなく、神そのものが存在する可能性があります」

ベレットは、少し表情を険しくして言った。

【THE NEW GATE】の世界には、神がいる。伝承や信仰の象徴としての実体のない神ではない。この世界に干渉できる、物理的な実体を持った神だ。

神獣はこの世界において、神のごとき力を持つもの、もしくは神の使徒という意味合いを持つ。

独自の支配領域を持ち、神獣の種類にもよるが天候から植生まで多くの事象に影響を与える。

ただ、人を積極的に襲うものは少ない。大抵は自身の支配領域の中で過ごしているので、そこに近寄りさえしなければ無害である。

対して、神は様々な意味合いを持つ。

荒れ狂い、ただひたすらに破壊をもたらす神もいれば、人もモンスターも分け隔てなく癒《いや》し、救う神もいる。加えて同じ神でも出現状態によって姿かたちまで変わる。

出現条件、出現場所、戦闘力、行動基準。

あらゆるものが生き物としての前提をなしておらず、同じ場所に現れた神でもその都度、性質や行動パターンが違うなど対策の取りづらい相手だ。

ある程度条件を絞って対策を取っていき、ダメなら即撤退が、神と戦う時の行動基準。

同じモンスターでありながら、行動や姿が違うことは珍しくないという特性ゆえか、ゲーム上に残っていた伝承もバラバラだったことが多かった。

ただし、それでも分類上はモンスター。倒せる相手であり、シンたちは実際に何度も神と戦い、倒している。

「この地には——グランモスト山脈の最も高い山には、神が住むという言い伝えがあるのです。グランモスト山脈内では最強であるマガンナが、イーラ、ヴェナのどちらにも寄りつかないのも、その可能性を補強しています。神についてはあまり伝承が当てになりません。しかし伝承の内容が、マガンナの行動とは一致しないのもまた事実。なので私は神がいると仮定し、神獣を相手にするより滞在期間が長くなると予想しました。避難準備をしているのも、もし神獣ではなく神を相手にした場合、こちらまで影響が出る可能性がないとも限らないからです」

神は強い。そこらのモンスターとはまさに桁違いの強さだ。

とくに厄介なのは、戦う場所が必然的に神の得意なフィールドになるというところ。

炎の神なら周辺は火の海、水の神なら大雨か洪水とただでさえ強力なのに地形効果で自己強化したような状態になる。

ゲーム時代は素材目当てに狩っていたが、こっちではそこまで簡単に倒せる相手ではないだろうと、シンは予想していた。

さらに言うと、イーラとヴェナという名前に、心当たりがあった。

「言うだけあって、準備万端か」

「情報が集まった段階で準備は進めさせておりました。もし別の場所へ移動を始めた場合も、追跡班が対応します」

今までは情報だけで、直接姿を確認することはできなかった。

しかし、今回は間違いなくＥＸシリーズとミラルトレアが山脈内で活動している。分散させていた調査員を集めるには十分な理由だ。

山脈を囲むように監視網を敷くという荒事を当然のようにやってのけるあたり、ベレットがどれだけ今回の件に力を入れているかが知れた。

「それだけしっかりやってれば、大丈夫そうだな。なら、焦らず進むか」

心配していたことはベレットがすべて対処していたので、シンも精神的な余裕が持てた。

神についてはランダム要素が強すぎて予想がつかないので、その場で対処する以外に方法がない。

ゲーム時代も、領域に踏み込んだり、神獣と戦ったりしても必ず神が出てくるわけではなかったのだ。

「イーラ・スーラと、ヴェナ・ヴァールかな」

御者台に戻ったシンが手綱を持ったままつぶやいた言葉に、隣から返事が来る。

「名前から考えられるのは、その2体だと思う。大きな山はそれだけで神聖だから、神が顕現《けんげん》しやすいの。あの人の話じゃ、条件は満たしているわねぇ」

大人モードのユズハなので、話し方も流暢《りゅうちょう》だが、シンはまた少し変わったような印象を受けた。

「少し成長したか？」

「うん。少しだけ」

御者を交代した時は話に気を取られていたのと、すぐにマントを着せてしまったので気づかなかった。改めて見ると、少女という段階は超えている印象を受ける。

「落ち着きが出てきたな。最終形態に近づいてるからか？」

どちらかと言えばのんびり屋な雰囲気も感じられたが、今までの性格からすればこうもとれるよな、とあえて前向きな言葉にする。他意はない。

「そんな感じねぇ。今なら変化を楽しむ余裕もあるし」

「そうなのか」

性格の変化を楽しむというのは、シンにはよくわからない。

「でも、シンはちょっと残念なんじゃない？」

「何がだ？」

ユズハの言っていることの意味がわからず、シンの頭上に疑問符が浮かぶ。

少し大人びた顔にいたずらっ子のような笑みを浮かべて、ユズハはシンの耳元でささやいた。

「この程度の成長じゃ、服は脱げないから」

「期待してたみたいに言うんじゃありません」

「あうっ！」

フィルマあたりに影響を受けたんじゃなかろうか。そう思いながら、シンはユズハの頭上に手刀を落とす。

撫でるような力加減なので、ユズハの痛がる様子は演技だ。

「話を戻すぞ。出ると思うか？」

「わからない。もしどちらか、もしくは両方出てきたらどうする？」

「さっきの話し合いでも言ったけど、どんな状態で出てくるかだな。戦闘モードで出てきたら、倒す以外におとなしくさせる方法がないし」

戦闘モードの神は荒れ狂う力そのもの。

放っておくと移動を始めて、進路上のありとあらゆるものを破壊していくのだ。

もしそうなったら、ＥＸシリーズやミラルトレアを放ってでもそっちに向かわないといけない。

「なら、その時はお手伝いするわね」

山の地脈に干渉すれば、少しの間だが山の外に出られなくさせることくらいはできるだろう、とユズハは言った。

「そりゃありがたい。麓には街があるらしいからな。そっちに向かわれちゃかなわん」

ベレットも備えているというが、いざという時に取れる手段は多いほうがいい。

もしもの時は遠慮なく頼ると、シンはユズハに頼んだ。

Chapter 2 吹雪の山

THE NEW GATE

街道を駆け抜けながら、シンは周辺の索敵を続ける。

2時間ほど走ったころ、いくつかの反応がシンたちの乗る馬車に近づいてくるのがわかった。

馬車が走りやすいように整備されている街道だが、安全面は完璧とはいかないらしい。

探知系スキルを組み合わせることで、近づいてくる気配には気づいていたが、マップと併用することでより精度の高い情報が得られる。

それらを踏まえて、シンは少し考えた。

「少しずつ近づいてくるけど、カゲロウの速度なら包囲される前に突っ切れるか……いや、カゲロウ、少し速度を落としてくれ。近づいてきてる奴らが、疲れてきたって勘違いするような感じで」

シンの指示を聞いたカゲロウが、馬車の速度を落とす。ゆっくりと減速し息切れしているような演技までしてくれた。

「振り切らないの？」

わざわざ戦うのかと、セティが幌から顔を出して聞いてくる。

皆それぞれで索敵をしているので、近づいてくるのは気づいていた。

「ここで俺たちが振り切ると、さっき追い抜いた馬車が標的にされそうだからな。あの馬じゃ、全力でないとはいえ、少しの間でもカゲロウの足についてきた奴らは振り切れない。これであの馬車が襲われて中の人が死んだなんてことになったら、ちょっと後味が悪いだろ？」

追い越したのは一般的な馬車。護衛であろう武装した男が3人いた。

武装した男たちはカゲロウに驚いていたが、御者は悔しがってはいなかった。むしろ、いいものを見たという表情だったのをシンは覚えている。

加えて、馬車のほうには子供が乗っていて、カゲロウを見て目を輝かせていた。それが、余計にここで仕留めておかねばと思わせていた。

「それもそうね。ベレットの話じゃ余裕があるみたいだし、そのくらいは大丈夫よね」

セティも子供のことを思い出したのだろう。表情にやる気が出ている。

話しているうちに、馬車は普通の馬が引くくらいの速度になった。

すると、馬車を囲むように動いていた反応が包囲を狭めてくる。

しかし、【遠視】と【透視《スルー・サイト》】、さらに【分析《アナライズ》】が加わることで、近づいてくるものの正体はすでにはっきりしていた。

圧倒的な索敵能力で、戦う前から敵の数、配置、種類など戦闘に重要な情報はおおよそ出揃う。

獲物を追い詰めたつもりのハンターたちは、襲い掛かって初めて、自分たちが獲物だったと気づくのだ。

「素材いる？」

「使い道はないいな。でも、ギルドで売れば金にはなるか」

夕食の相談でもするような軽い口調で尋ねてくるセティに、シンは少し考えて返答する。

路銀がなくなるなんてことはまずないが、自分で稼いだ金となると、はて、前回収入があったのはいつだったか、と思ってしまうくらいに稼いでいない。

すぐに思い出せるのは、エルクントでシュニーと一緒に生活していた時にギルドで依頼を受けたあたりだ。

あのころにはAランクとして認められていたので、依頼は少なくとも生活に困らないくらいの稼ぎはあった。

「月の祠には私の蓄えがありますが……何か入り用なのですか？」

「一言言ってくだされば、私のほうでも融資は可能ですよ？」

「いや、そういうわけじゃなくてな。ふと思っただけなんだ。あまり気にしないでくれ」

シュニーとベレットが話しかけてくるが、特別な意味があるわけではないからと、心配しないように言う。それぞれ話の方向性が違うのは立場の違いからだろう。

「じゃあ、なるべく素材に傷がつかないようにやるわね」

セティはどこまで傷を小さくして仕留められるか試してみたくなったと言って、右手を指揮棒のように振って魔術の準備を始めた。

街道の左右に広がっている木々の中から、チーターに似た姿のモンスターが出てくる。

スピードにステータスを全振りしたと言われるモンスター、ハイランナーだ。

レベルは250前後で突出した個体はいない。全身の毛がゆらゆらと不自然に逆立《さかだ》っており、一歩進むたびに体のどこかが透明になって見えなくなる。

「なんだか、目が変になったみたいに感じるわ」

ハイランナーを見ていたティエラが、目をこすりながら言った。

「逆立った毛がちょっとした隠蔽効果を持ってるんだ。全身が透明になるわけじゃないけど、慣れないと目測を誤ることがある。でも、注意するべきはスピードだな。短時間とはいえ、レベルからは考えられない速度を出してくる」

スピード以外は、ほとんどのステータスがレベル100のモンスターにも劣るほどなので、大体は攻撃が当たれば倒せる。

逃げ場がないほどの範囲攻撃か、ハイランナー以上の速度での攻撃ができれば怖い相手ではない。

普通は、シンたちの気配を察知すると逃げる類のモンスターなのだが、旅人や馬車を引く馬を驚かせないように気配を抑えていたせいで、シンたちの強さが感じ取れなかったようだ。

シンたちよりも後方を走る馬車を襲っていれば、少なくとも全滅の憂《う》き目には遭《あ》わなかっただろう。

「始めるわよ」

セティが振るっていた腕を止める。右手の人差し指から、魔力が放たれたのをシンは感じた。

次の瞬間には、ハイランナーの首が落ちる。

シンのマップ上では、姿を現していた個体だけでなく、木々の間に潜んでいた個体の反応も消えた。周辺のハイランナーを一撃で仕留めたようだ。

「うわ……」

自分たちに向けてうなっていたハイランナーの首がポロリと落ちたのを見て、ティエラの口から、感心とも呆れとも取れる声が漏れた。

多少準備に時間をかけたとはいえ、詠唱なし、補助用の装備なし、目視もなしで探知範囲内の敵をピンポイントで即死させている。

その手際は、一般的な魔導士とはかけ離れていた。

「見事なもんだな」

「即興だとこんなもんね」

少し得意げなセティを、シンは素直に称賛した。

シンにわかる限りでは、消費ＭＰは通常より抑えられていた。

威力も爆散させるほどの強さでも、致命傷にならないような弱さでもない丁度よさ。

単純な威力を出すなら簡単だが、これだけの精密な制御は今のシンには真似できない。

「回収してくるな」

シンはハイランナーの死体を手早く収納して戻る。

あえてそのままにするような選択をしなければ素材を自動で分けてくれるので、剥《は》ぎ取りの時間がかからないのが、アイテムボックスのよいところだ。

速度を上げて街道をひた走る。ハイランナーに追いかけられた以外は、とくにトラブルもなく日が暮れるまで移動を続けた。

移動をやめた場所は大きな都市へ続く街道に点在する中継地としての街や村でも、休みやすいように整備された野営地でもない。

モンスターや野生の動物が棲息する森に近く、野宿には適さない場所だ。

しかし、それは普通の商人や旅人の話。1人か2人見張りを立てて、残りが交代で馬車の中、もしくはテントを張って休むなんてことは、シンたちには当てはまらない。

月の祠を具現化すると、自動で発動する【障壁】と【防壁】は、敵意を持つモンスターも人も近寄らせない。攻撃しようものなら自動で反撃すらする。

シンたち自身も敵を察知する能力が高いので、月の祠に忍び込むなどまず不可能だ。かつてそれをやろうとした者たちは、手ひどい歓迎を受けている。

「いやはや、こうしているとどこかの高級宿にでも泊まっているような気分です」

「カインとレードにもかなり協力してもらったからな。おかげで想定してたよりもすごいことになった。まあ、話し合ってるうちに熱が入ってきて、そのうえ最初は傍観してた女性陣まで加わって素材集めだけで3カ月もかかったけどな」

夕食のシチューに舌鼓を打ちながら言ったベレットに、当時のことを思い出してシンは笑った。

最初はもっとこぢんまりとした、鍛冶場をメインにした建物になるはずだったのだ。

それがふたを開けてみれば、鍛冶場とおまけの住居という当初の設定はどこへやら。

シンとサポートキャラクター、さらには来客用の部屋。

鍛冶場と完成品をしまっておく蔵。

装備を販売するための店舗部分に、調理用の各種アイテム等々。

必要な素材がどんどん増えていった。

各メンバーの意見をそのまま取り入れると、豪邸になるのは間違いなかったし、「それいらないだろ！」というような設備も増えていたに違いない。

しかし、そこはカインが建築家の職業は伊達《だて》ではないと、各自が出す「ちょっとそれやりすぎでは？」という意見を、「ゲーム特有の謎の空間拡張があればいける」と設計図に落とし込んでいった。

そして、最終的に完成したのが月の祠だ。ゲーム時になかったトイレも加わり、快適さはさらに向上している。

「今では、使われている素材の10分の1も集められないでしょうな。今私が座っている椅子からして、世界樹を加工したものですし。皿は素材の希少さと加工の難しさから、『白い黄金』とも言われるディエン石と、触れるだけで生命力を吸われる『動かぬ暗殺者』マラマ粘土の焼き物。スプーンやフォークですら、オリハルコンやミスリルが混ざっています。その手の専門家が見たら卒倒しますぞ」

今の時代からすれば、大国の宝物庫に厳重に保管されなければならない貴重な素材が、大量に使われている。

食器を皿、コップ、フォークにナイフとワンセット持ち出すだけで、一生贅沢な暮らしができるくらいの値になるとベレットは呆れ気味につぶやいた。

「昔は貴重な素材もある程度流通してたものね。今だと貴重だけど、昔はそうでもなかったなんてものもあるんじゃない？」

「そうですな。全体の質は落ちています。木材もそうですが、海に関連した素材はとくに。水中戦は地上で戦うのとはまた別の技能が必要ですし、装備も付与なしの剣などではお守り程度にしかなりません。海中の岩に育つメレメ苔《こけ》や海魔石などは、常に品薄状態です」

メレメ苔は【潜水《ダイブ》・Ⅰ《ワン》】のスキルを付与するのに必要な素材で、海魔石は水属性の付与に使用する。どちらも深い場所にあるものほど質が高くなるので、今では入手が難しくなっているとベレットは言う。

とくに海魔石は、飲み水を出す魔道具に使うので、それをどれだけ仕入れられるか競争も起こるらしい。

「我々はまだレード様の残してくださった装備がありますので、ある程度の量は確保できますが、他の商会で安定供給できているのは一握りですな」

魚人や人魚を雇っている商会がそのあたりに強いらしい。特定分野に特化した商会もあるようだ。

今日の商会事情をベレットから聞きながら、シンたちは街道を進む。

移動を始めてから2週間で、シンたちはひとつ目の補給ポイント、マッカラへと到着した。

マッカラは、ケルンの北部へ向かうルート上に点在する大都市だ。

いくつかの都市が連合を作ってひとつの国として機能している。形としてはファルニッド獣連合に近い。

ただし、こちらはファルニッドほど人種に偏《かたよ》りがない。

メインはヒューマン、ビースト、ドワーフが同じくらいで、総人口の9割にもなる。次にエルフにピクシー、ドラグニルで1割ほど。ロードはほとんどいないらしい。

「ロードは北の大国である魔帝国レイガンドに集まっていますから。それに他の種族と違って見るだけで効果を及ぼす魔眼は、怖がられやすくもあります」

「今はそっちも警戒対象なのか」

ロードの種族固有のスキルである魔眼は、発動は早いが威力は弱いというのが、ゲーム時代のプレイヤーの認識だった。

ヒューマンの魔術、状態異常に対する抵抗力や、ドワーフの特定スキルへのボーナスなどと比べると戦闘面ではまだましといった程度。

そもそもドラグニルのブレスやエルフ、ピクシーの精霊術が強すぎると種族ごとの固有スキルに関してはちょっとした不満も出ていたのだ。

「ビーストの変身と身体強化は普通に受け入れられてたんだよな」

ゲーム時代の種族固有スキルの扱いを思い出していたシンは、当時のプレイヤーの認識もちょっと不思議だったなと口にする。

「それだけブレスや精霊術が飛び抜けていたということでしょう。使っている私としても、使い勝手がよく応用もしやすいのは自認しております」

「そうですね。威力ではブレスに劣るものの、応用力という点では圧倒的でしょう」

「今では魔術と一緒に使えるしね。威力が3割くらい違うわよ」

ベレットの見解に、同じく精霊術の使えるシュニーとセティが利点を挙げていく。

「ブレスは威力に重点を置いているからな。戦闘以外ではあまり使い道がない。使い方を誤ると味方を巻き込むゆえ、我は積極的に使おうとは思わんな」

「そういえば、合流してから使ってるところ見てないな」

皇国防衛線の折、モンスターの大群相手に使っていたらしいが、シンはその場にいなかったので見ていない。

「盛大にぶっ放してたわ。いつものシュバイドとは戦い方が違ったわね」

ともに行動していたセティが、当時のことを思い出しながら言う。シンを狙った長距離攻撃を防いで以降、モンスターの群れに突っ込んでずいぶんと暴れ回ったようだ。

「いやはや、こうして皆様と話をしていると魔眼がただの個性だったころを思い出します。そういえば、フィルマの魔眼はどういった能力なので？」

「あたしの魔眼は、魔力を効率的に運用できるようにするっていう補助的なやつなのよ。用途は主に身体強化のブーストね。だからやってることはビーストとほとんど差がないの。効率はこっちのほうが低いから、同じとは言えないけどね。あと、一応魔術のブーストもできるけど、あたしはそっちより斬るほうが得意だから、あまり使わないわ。効果はお察しってところね」

魔眼は主に3つの系統に分類される。

攻撃魔術に似た効果を及ぼす攻撃系。麻痺や魅了などの効果を与える状態異常系。そして、フィルマの魔眼のようなスキルの効果の底上げを行う補助系。

プレイヤーは攻撃系を選ぶことが多く、サポートキャラクターに状態異常系や補助系を入れることが多かった。

攻撃系はプレイヤー同士の戦いだとスキルを使わず相手の攻撃タイミングをずらしたり、牽制したりできて便利だったのだ。

プレイヤーのレベルや装備が上がるほど、素の防御力で弾かれるのでほとんど役に立たなくなるのだが。

「そろそろ能力の話はやめておこう。人が多くなってきた」

マッカラの門へ向けて、馬車の列ができている。到着したと言っても、中に入るまではまだ時間がかかりそうだ。

シンたちもそれに並び、偶々《たまたま》隣り合った馬車の業者と情報交換をしながら順番を待った。

マッカラの中に入ると、そのまま黄金商会の支部へ向かう。緊急の情報はメッセージカードで送られるが、それ以外は各支店で受け取ることになっていた。

「今のところは、変化なしか」

「見える範囲のことですので、中では戦闘が行われている可能性もあります」

そう口にするベレットだが、落ち着いた表情からそれはないだろうと考えているのがわかる。

シンも同意見だ。

EXシリーズと神獣の戦いともなれば、地響きや音など外からでもわかる変化があると予想している。シンたちが今まで戦ってきた神獣やそれと同等の相手も、周囲に破壊の嵐を巻き起こすようなものがほとんどだった。

実際、今までEXシリーズが目撃された場所では、連続した破裂音や激突音、地鳴りなど、神獣とEXシリーズの戦闘音だと思われる現象が確認されている。

知らぬ間に戦いが始まって、いつの間にか終わっている。そういうことはやはりないのだろう。

食料などの物資はすでに準備されていたので、情報を更新したらすぐに出発した。

転移で距離を稼いだとはいえ、こちらの世界では1年以上かけて移動する距離だ。補給地点に長くとどまる理由はない。

「ここからですと鍛えられた軍馬でも半年以上かかります。ですが、この速度ならさらにその半分以下になるのは確実でしょうな。カゲロウ殿とその走りに耐えられる馬車があってこその時間短縮ですな」

ガタガタと揺れる馬車の中。ベレットは飛ぶように流れていく景色に目をやりながら話す。

現代でいうところの自動車並みの速度で走っているので、目的地に到着するまでの時間は馬車とは比較にならない。

もう少し縮められなくもないが、街道を走っている他の馬車や旅人を追い越す時は速度を落としているので、ひたすら走るより時間がかかる。

あまり速度を出しすぎると、モンスターや盗賊の類と間違えられて攻撃される可能性があるのだ。一度、商隊を追い越す際に速度を落とすのが遅れた時は、護衛が展開して戦闘になりかけた。それ以来、注意して進んでいる。

「街道を避けて進むのはダメなの？」

「平野ならいいですが、それ以外は馬車が走るのに適していないのです。湿地帯が広がっていたり、ごつごつした岩が散在する荒野だったりといった具合ですな。シン様ならばその都度環境に合わせた改装もできるのでしょうが、少し進んで改装、また少し進んで改装ではあまり意味がないですし。シン様やシュニーあたりならば、走ったほうが速いのでしょうね。私はついていける自信がありませんが」

「それは同感」

ベレットの発言に、うんうんとセティがうなずく。

カゲロウに乗るという手もあるが、そうすると問題ないのはシンとシュニーくらいで、魔力放出を併用してフィルマがついていけるくらいだ。

それ以外は全員、乗らないと置いていかれる。

ステータス上の素早さであるＡＧＩの数値がカゲロウより上だったとしても、歩幅が違いすぎるのだ。それを補えるくらい隔絶したステータス差がないと、カゲロウのような大型モンスターに単純な移動速度では勝てない。

そして、いくらカゲロウが大型モンスターでもティエラ、セティ、ベレットにシュバイドまで乗せるとなると定員オーバーだ。ユズハも協力してくれればできなくはないが。

「聖地の時みたいな移動は？」

「できなくはないけどな。あれはあの場所が力ずくで進んでも問題なかったからやったんだ。こっちであれをやると森も岩も泥もなんもかんも吹っ飛ばして進むことになる。かなりダイナミックな自然破壊になるぞ」

加えるなら、間違いなく未知のモンスターだと思われるだろう。

人の通らない、通れない場所を一直線に進む何かが接近してくるとなれば、マッカラのほうでも混乱が起きかねない。よほど急ぐ必要がない限り、あの方法は行わない方針だ。

ユズハとカゲロウに乗って移動する案を使わないのも、同じ理由である。

神獣二体が道なき道を突き進んで街に向かってくるなど、目的地にされている街からしたら迷惑極まりない。

神獣とわからなくとも、大型モンスター二体に突如狙われた街なんて噂が広まりかねない。こちらの世界では風評被害は現実世界の比ではないのだ。

【隠蔽《ハイディング》】を使うという手もあるが、シンたちの姿は隠せても土煙や足跡、振動などは隠せない。

怪奇現象として映るか、姿の見えない何かが移動していると、より警戒させる結果になるか。

どちらにしろ無関係な人たちに迷惑がかかるのは間違いない。

「なら仕方ないか。でも、道中が暇ね」

携帯ゲームなどない世界だ。これが馬車の護衛だと、周囲を歩きながら警戒しないといけないので暇などと言っていられない。

「書物ならありますよ」

「たまには読書もいいかもな」

エルクントでシンがヴァルガンと鍛冶談義をしている間、シュニーはよく本を読んで待っていた。

その時に使った眼鏡と書物はいくつか予備があるのだ。この世界独自の物語などもあって、シンもたまに読んでいた。

「魔術書とかないの？」

「理論体系をまとめたものならいくつかありますが、参考になるかはわかりませんよ？」

「暇つぶしだし、オッケーオッケー」

シュニーはゲーム時代のものだけでなく、今の時代の本もよく読む。シンと再会してからは、その機会が少なくなっていたので見る機会はあまりなかった。

シンも、エルクントで一緒に暮らしていた時に改めて気づいたのだ。

これはシンがサポートキャラクターとして作製した際に付与した設定ではなく、こちらの世界で生きてきたシュニー自身が興味を持ってやっていることである。

「えーと、選定者の生まれる理由と条件？」

「え？」

理論体系と聞いたので魔術かスキルやアーツに関係するものだと思っていたシンは、セティが口にした本の題名を聞いてつい声を出してしまった。

シュニーが具現化した本は、こちらの世界の住民が書いたもののようだ。

「この世界でも不可思議なことを解明しようとする人たちはそれなりにいます。ただ、あまり表に出てくることはないですが」

選定者についても地域によって扱いがバラバラで、題名にあるようにそもそもなぜそんな存在が誕生するのかというところまで、考えがいくことは少ない傾向にあるようだ。

「考えてみれば、明確な理由は知らないな。俺は転生システムが作用してると思ってた」

「私も同意見です。ただ、孤島の聖地の中にあった転生の間《ま》は、機能していないようでしたね」

「そんなところもチェックしてたのか。完全に頭から抜けてたわ。カルキアに飛ばされた時も調べる余裕はなかったし」

カルキアに転移させられた時は、リオンを無事に外へ連れていくことに意識を割いていた。

イレブンたちの聖地に行った時も、攻めてくるならどこか、罠はないか、シンはそんなことばかり考えていたので、内部構造について考えを巡らせることはなかったのだ。

「特殊な状況でしたし、余裕もありませんでしたからね。私も、はっきりと確認したわけではないのですから間違っている可能性もないとは言えません」

シュニーによると、ゲーム時代にシンとともに聖地――ゲーム時の主要都市――に行った際に気配を覚えたらしい。

種族を変える、もしくは上位種族へクラスアップする際に使う転生の間には、見上げるほど巨大な結晶石が浮いている。

その結晶石から独特の気配がするのだ、とシュニーは言った。

「ゲームだからできることって感じだからな。転生って言っても、赤ん坊からやり直すわけじゃないし」

「あれを自然にこの世界に組み込もうとすると、今のようになるのでしょうね」

レベルの減少やステータス低下に伴うスキルや装備の制限こそあれども、体格が変わることはほとんどない。

　さすがに種族が変わると姿も相応に変化するが、種族的な特徴を除けば変化はない。シンとしては、生まれ変わるというより肉体を作り替えるといったほうがしっくりくる。

「種族がホイホイ変えられたら、それはそれで問題だしな」

「ヒューマンは皆、他の種族になりたがると思いますよ。『栄華の落日』前の世界では、ヒューマンは不人気でしたから」

「ベレットの言うことは、否定できないんだよなぁ」

　頑張って育てればそれなりに戦えるようにはなる。しかし、他の種族のほうがいろいろと華やかだ。

　戦闘、生産、研究。どれをとってもヒューマンでなければというものがない。

　スキルの習得に得手不得手がないというのはある意味魅力だが、それもわざわざヒューマンを選ぶ理由にはならない。

　せっかくなら、自分が進む分野で活躍したいと思うものだ。そうでなくても、長命種に憧れるヒューマンは多い。

　今の世界で転生が可能となれば、種族を変えたがる人が大勢いるだろうというベレットの考えは間違っていないとシンも思う。

　とくに地位や権力、金を持つ者は最後に寿命を延ばす、若返るといった効果のあるものを求めることが多いのは、フィクションではよく見かける。現実でもそれは変わらない。

「でも赤ん坊がスキルを使えるっていうのはどうかと思うわ」

「うむ、それについては同意見だ。魔術特化だと周りが惨事になる」

実際にそういう経験があるシュバイドが、しみじみとした様子で言う。危うく周囲の人を吹き飛ばすところだったなんてことも、一度や二度ではないらしい。

「皇国では可能な限り、出産には防御に秀でた選定者を同席させるようにしていた。選定者の子が生まれる場合はとくにな」

「選定者同士だと、子供も選定者になりやすいの？」

「いや、あれは分類上は選定者だが、突発的に生まれるそれとは違って親の能力を引きついだと言える場合がほとんどだ。こちらは能力制御を誤って周囲に被害が及ぶことはほぼない。暴走しやすいのはやはり一般人から選定者が生まれた時だな」

ただし、選定者の子供でも能力の暴走が一切ないとは言えないようだ。

緊急事態になると、親より強力なスキルを使うこともあるらしく、選定者の出産時にはより練度の高い選定者が同席するという。

「子供を生むのに、周りの人が身の危険を感じる世界になっていたとは」

「そういう話は聞いたことなかったのか？　外と行き来をしてなかったわけじゃないんだろ？」

すべての食材を苑の中で賄っていたわけではないことは、シンも聞いている。街に出る機会があったのなら、そこで耳にしていてもおかしくない。

「外に出なかったわけじゃないけど、耳に入るほどのものはなかったわ。噂が広がってたら耳に入ったかもしれないけど、そう何件も起こることじゃないんでしょ？」

「そうだな。周囲に被害を出すほどのものはそうあることではなかった。我が王を務めていた時でも、数年に一度くらいだったはずだ」

出産時に選定者を同席させるようにしたことで、もしもの時も被害が大きくなることはほとんどなかったようだ。ゼロではなかったようだが。

「皇国だと、選定者の赤ん坊が生まれたらどうするんだ？　そのまま親が育てるのか？」

一般人とは隔絶した能力を持つ者もいるのが選定者だ。親が一般人では持て余すのではないかとシンは思った。

本人がじゃれついたつもりでも、親にとってはモンスターの一撃並みの威力を持っていたなんてことも十分あり得る。

「赤子が選定者だった場合、国で預かることになっている。もちろん、いつでも面会は可能だ」

大抵は、国が面倒を見ることになるらしい。どのくらいの能力を持っているのかを確かめながら、一般人相手でも力加減ができるように指導していく。

どの国でも、大抵1人か2人は選定者がいるので、種族を問わず多くの国が同じ対応をしているという。

「問題があるとすれば、個人に引き取られた場合だろう」

戦力を欲する貴族や地方領主、大商人など、国以外で選定者を囲っている者もいる。しっかりと教育を施し、護衛として仕事をさせるなら問題はない。

しかし、それ以外に力を使わされることもあるのも確かだ。あえて真っ当な教育をせず、操り人形のようにしたり、汚れ仕事を請け負わせたりすることもある。

かつて教会内で暗躍していた、司教と子飼いの騎士だったエイラインはまさにそれだ。力を持て余していたエイラインを引き取り、独自の教育を施して性格を歪《ゆが》めてしまった。

「能力の高い選定者をそろえ、国家転覆を企んだ者すらいる。そういったことをなくす意味でも、国が引き取るという形をとっているのだ。完全に民に浸透しているわけではないのが、歯がゆいがな」

選定者に対する偏見は、多かれ少なかれ大陸中に存在する。それさえなければ、もっと穏やかに生活できたかもしれない。シュバイドはそう締めくくった。

「次に聖地に行くことがあったら、そのあたりも調べてみるか」

「そうですね。何か決まりや傾向などがわかれば、多少は対策を講じることができますし」

多少ましになる程度でも、しないよりはいいだろう。

問題は、聖地に行く時は大抵緊急事態なので、忘れている可能性が高いといったところか。

「そういえば、本には何が原因だとか書いてあるのか？」

「その本では、地脈が関係しているのではないかと書かれていましたね」

赤子が特殊な力を宿す。

そんな不可思議なことが起こるには、同じく特殊な力の流れである地脈が関係しているのではないか？　そう考えた学者がいるようだ。

「ちょっとシュー姉、これから読もうと思ってたのに、先に結論を言わないでよ」

「すみません。ですが、なぜそういう結論に至ったのか予想しながら読むのも楽しいですよ」

「そういう読み方もありだろうけど……仕方ない。私なりに推論を立てながら読むとするわ」

もともと暇つぶしだからと、セティはさっそく本を開いて読み始めた。

他にも魔術について書かれた本がセティの横に積まれている。全部読むつもりらしい。

「シュニーも読書？」

「ええ、そのつもりです」

「だったら、あたしにも本を貸してくれない？　暇をつぶせるもの持ってないの」

セティが静かになったところで、フィルマがシュニーから本と眼鏡を受け取る。こちらは『栄華の落日』前の物語を読むらしい。

ティエラは座ったまま小枝のようなものを両手で支えるように持ち、静かに目を閉じている。集中しているようだ。

その隣ではシュバイドが瞑想《めいそう》している。ベレットは何か紙の束《たば》をめくっていた。

各々がそれぞれのやり方で暇をつぶす中、シンは御者台で流れていく景色を眺めていた。いちいち細かい調整を入れずとも道からそれる心配がないので、のんびりと風景を眺めることができる。

そんなシンの膝の上では、ユズハが子狐モードでくてっと横になっていた。完全に脱力しており、馬車が跳ねるとユズハも跳ねている。

「落ちるなよ?」

「だいじょーぶぅ」

半分眠っているような口調に少し心配になるが、現実的なことを言えばもし落ちて地面を転げまわってもダメージなど受けない。

そのくらいのステータスがある。もちろん、落ちそうになったら注意はするが。

「さて、そろそろ次の街が……いつの間に、全員眼鏡モードに?」

寄る予定はないが、中継地点のひとつが見えてきそうだったので知らせるために振り返ると、そこにいたメンバーが全員、眼鏡をかけて本を読んでいた。

ティエラやシュバイドも加わっており、その光景は妙にコミカルに感じられた。

「どうかしましたか?」

「いや、なんでもない。皆、眼鏡が似合うなと思ってさ」

シュニーやティエラ、セティはいかにも知的な女性という印象を受ける。眼鏡がシャープなデザ

インだからというのもあるのだろう。

フィルマが含まれていないのは、顔はともかく装備が『虚漆の魔術鎧』だからだ。肌面積の多い鎧のせいで、似合っているが同時にアンバランスさもある。

ベレットは丸眼鏡タイプを使っていて、より商人らしくなった。そろばんでも弾いていれば完璧である。

意外なのはシュバイドだ。使用しているのは片眼鏡タイプ。

現実の片眼鏡と違って好きな位置にピタリとくっついてくれるそれが、シュバイドの右目の前にある。これらは形が違うだけで、片眼鏡タイプも効果は両目に及ぶ。

各々好きな書物を読んでいるようだ。

ティエラは植物図鑑、セティはシュニーに借りたものは読み終えたのか別の魔術書を読んでいる。

シュバイドは冒険譚で、ベレットは歴史書だ。

意外だったのは、シュニーとフィルマが同じ恋愛物を読んでいたことである。

「なによぅ。あたしが恋愛物を読んでるのがそんなに意外？」

「何も言ってないだろ……」

シンの視線に気づいたフィルマがすねたような口調で言う。

意外だと思ったのは間違いないが、フィルマも女性だ。

荒々しい戦闘スタイルやシンたちをからかってくる態度からは少し想像しづらいが、恋愛物を好んでも何らおかしくない。

シンとシュニーの関係を、にやにやしながら問い質《ただ》してくることを思えば、むしろ納得できるくらいだ。

シンはそう思っていたのだが、フィルマはそうは思わなかったらしい。

本を盾にして、シンの視線から逃れようとしている。本から少しだけ顔を出してにらんでくる様は、いつもの凛々しい様子とは違って可愛らしさを感じさせた。

「いいじゃない。こういうのが好きなんだから」

「だから何も言ってないと。好きなら好きでいいだろ」

若干身構えているのは、普段から、からかっているお返しでもされると思ったからか。

シンはとくに深く突っ込もうという気もなかったので、読書に戻れと手を振って、手綱を握り直した。

今走っているのは見晴らしのいい平原なので、多少よそ見をしても何かにぶつかることも道を踏み外すこともない。

そんな一幕がありながら、シンたちは順調に道を進んだ。

カゲロウの頑張りもあって、ベレットの予想より幾分か早い。

「見えてきたな。ユズハ、何か感じるか？」

「地脈が少し活性化してる。でも、悪い気配はないわね」

シンの問いに、ユズハが大人モードで答える。太い地脈が通っているところや複数の地脈が集まっているところでは、珍しいことではないらしい。

「いやしかし、改めて見るとでかいな」

シンは連なる山々を見上げて、つぶやく。

近づくにつれて、その威容が実感できるようになった。

抜きんでて高いふたつの山、イーラとヴェナは空を覆う曇天、その雲の中に隠れている。山頂付近どころか山の半分以上が見えない。

かつてヒノモトで霊峰フジに登ったシンだが、グランモスト山脈に連なる山々はその比ではなかった。大きい。ただひたすらに大きい。

「これに、登る……」

山の威容に圧倒されて、ティエラが呆然とつぶやいた。

シンも似た気持ちだ。

ゲーム時代に同じような山脈を踏破したことがあるにもかかわらず、その雄大さに圧倒されていた。お前の経験は作り物に過ぎないと、真っ向から突き付けてくるようだ。

「こりゃあ、準備した装備を見直しておいたほうがよさそうだな」

すぐに山に入れるように、耐寒装備は準備済みだ。

しかし想定以上のプレッシャーを感じ、シンは念のため装備の見直しを決めた。

†

「今日はここまで」

日中の移動を終え、月の祠を具現化する。グランモスト山脈の威容を感じられるくらい近くに来ているからか、段々と肌寒くなっていた。

夕食はキムチ鍋。ゲーム時代にもほとんどお目にかからなかった料理だ。発案者はプレイヤーだろうと言われているらしい。

夕食後は自由時間だ。

シンは鍛冶場で装備の点検である。

預かっている服や鎧といった装備の耐性は、すでに耐熱から耐寒への変更済みだ。

少なくとも、自然現象の影響で低体温症を発症したり、凍傷などを負うことはない。それ以外でも、影響は少なくなる。

今回は装備の上に厚手のコートを羽織る。前回はマントだったが、山は吹雪《ふぶ》くことも多く、風の影響を受けやすい。コートのほうが動きやすいだろうという判断だ。

「素材に困らないって贅沢だよな」

「そうですなぁ。予算と素材はいつも作り手を苦しめますから」

鍛冶場にはシンの他にシュニー、フィルマ、シュバイド、ベレットの四人がいた。

シュニーはいつものことで、フィルマとシュバイドは少し意見が聞きたかったので同席してもらっている。

ベレットは、せっかくの機会なので見学させてほしいと願い出てきた。

職業上、見たところで何が得られるというわけでもないが、断る理由もなかったので許可している。

「コートのほうは耐寒に加えて耐水能力と発熱能力を付与してある。マガンナは基本が物理攻撃だからここまでしなくても大丈夫だろうが、万が一を考えた」

現在の気候を鑑みて、出現が予想されるヴェナ・ヴァールは氷の神。装備の余剰部分に付与した耐寒性能を突き抜けてくるほどの冷気を放つのを、シンは覚えていた。

コートのほうは防御力より耐寒性能にリソースを割いているので、装備とコートの二重防御なら問題なく耐えられるはずである。

山の状態を見る限り、イーラ・スーラが出てくる可能性は低いが、もしもの時のためアクセサリで耐熱能力も上げておく。

いざという時は各自で、アイテムボックスから耐熱仕様のマントを出す予定だ。

ティエラもアイテムボックスが使えるようになったので、今までの装備を持たせたままにしている。各種アイテムもいくらか渡した。

「要望とか、意見があれば聞かせてくれ」

「ふむ、シンの付与したものならば心配はないと思うが、金属に触れる首元や手首の部分に何かかませてくれると懸念がひとつ消えるな」

一般的な金属系の装備なら、そのまま雪山に入るのは自殺行為。金属部分と肌がくっついてしまうとシュバイドは言う。

シンの装備に慣れていたため、今の世界になって初めて雪山に向かった時、地元の人から注意されたことがあるようだ。甘く見て、ひどい目に遭った人もいるらしい。

付与によって装備そのものが冷たくなることはないので、肌がくっついてしまうことはないが、そういった細かい対策もしておいて損はない。

「フィルマはどうだ？」

「あたしはそういう経験はないのよね。でも今回はインナーがあったほうがいいかなって思ってるわ。実用的な意味でも、気分的な意味でもね」

「そうだな。全員分を用意しよう。この際だから何か付与できないか試すか」

装備で守られているとはいえ、雪山で二の腕や太ももが露出しているのは普通ならあり得ないことだ。

コートを羽織るとはいっても、戦闘時に破損して脱がなければならないこともあると考えれば、用意しておくべきだろう。

ゲーム的に考えると肌着は装備に含まれないが、この世界なら装備としての運用が可能であってもおかしくない。より対策に磨きがかけられる。

耐熱装備を用意した時より対策が厳重なのは、熱が相手の場合、装備や自身が燃えていてもヒール系のスキルを連続使用して逃げるという手が使える。

ゲーム時と違って、痛みについては根性で耐えるしかないが。

しかし、冷気が相手だと動けなくなってじわじわ削られる。不利を悟った時に逃走という選択肢が取れるようにシンは考えていた。

今のところ逃げなければならない場面には遭遇していないが、ないとは言い切れない。シンたちはまだ、この世界の神と相対したことがないのだ。

「神、か」

モンスターでありながら、悪魔や瘴魔《デーモン》とはまた違った力を持つ存在。

ゲーム時代は、面白いモンスターという印象が強かった。

戦闘力が高いのは当たり前。それでいて、いざ戦おうと準備をしていくと試練を与えるとか、ただ昔話をして終わるとか、そういった肩透かしを食らうこともあった。

目的と違ったら仕方ないと割り切る、それが神という不確定な存在と向き合う時の対処法だ。

だがもし、会話ができるとしたらどうだろう。

今回の一件が片付いたら、冥王という重要な情報源に会いに行く。

その前に、神というこの世界を構成する存在と会話ができたなら、また違った情報が得られるのではないか。

ただでさえこの世界や、シンがこちらに来たことに関する情報は少ないのだ。願わくば、話ができる状態で出てほしい。

そんなことを、シンは思った。

†

「さて、とりあえず街まで来たわけだが。聞くと見るとじゃ大違いだな」

一夜明け、シンたちはグランモスト山脈の麓にある街に到着した。

街の名はメアトラ。エルフ語で、清きものという意味があるらしい。
5、6メルほどの壁に囲まれており、規模はさほど大きくない。
シンが感心しているのは、街もその周辺も真っ白に染まっていたからだ。

原因は雪である。距離があったうちは、まだ山の威容に意識を向ける余裕があった。しかし、近づくにつれてそうもいかなくなっていく。

雪が地面をうっすら覆っていただけなのは本当に最初のほうだけで、あとはひたすら積もっていく量が増え続ける光景が続いた。

それも、数セメル、数十セメルというレベルではない。

シンがかつてテレビで見たような、豪雪地帯を連想させる積雪量だった。

おまけにひどい吹雪《ふぶき》だ。シンは視界をよくするスキルやマップ機能があるので、メアトラに到着したとわかるが、そうでなければまっすぐ進むのも難しい。

これが普通なのかとベレットに確認し、普段は積もっても1メル程度と返答をもらっている。

「メッセージで連絡が来てから急いで来たけど、こりゃすごいな」

「この街に長く住んでいる方は、何日か降り続くことは珍しくないと言っていたようですが、今回の積雪量と長引く吹雪には驚いているようです。もともと雪の多い地域ゆえ、まだ大きな被害が出ていないのはさすがといったところでしょうか」

大量の雪が降り続いている。そうメッセージが来たのは、シンたちが到着する3日前。

降り出したのは、さらにその4日前とメッセージには書いてあった。

最初はいつものことと、誰も気にしなかったらしい。街に長期滞在していた調査員も、気にはしていなかったようだ。

何かがおかしいと感じたのは、雪が降りやまず次第に吹雪いてきた時だ。それ自体は珍しいものではない。

しかし雪と風だけでなく、雷鳴までし始め、気温も例年よりはるかに寒くなっているという。

このまま吹雪がやまなければ、凍死するのが先か、家屋が倒壊するのが先かという話になる。

もしや戦いが始まったかと、シンたちは急いで駆け付けた。

街に近づくにつれて人通りがなくなっていたのが幸いして、積もっている雪を蹴散らして進んでも目撃者はいない。仮にいたとしても、報告できるような状態ではない。

「門、開いてない」

子狐モードのユズハが視線を向けた先には、閉ざされたままの門がある。成長したことによって、【透視《スルー・サイト》】や【遠視】の能力も使えるようになったらしい。

門については、この状況で開ける理由はないだろう。

そのせいでシンたちも街に入れず、足止めを食らっているのだが。

「そりゃ、こんな状態じゃ門番も何もないよな。移動してくる奴もいないだろうし。いや、壁の上にはそれっぽい奴がいるぞ」

シンが壁の上に視線を向けると、見張り用の休憩所らしき建物の中にコートを着た男性が2人いるのが見えた。

外に出て見張りをするのは状況的に難しいので、待機しているのだろう。

「中にいる調査員にメッセージは送りましたが、この状況では開けてくれるかわかりませんな」

「街の中だって雪が積もってるだろうしな。俺たちのためだけに門を開けるのもな」

まだ昼にもなっていないが、空は分厚い雲に覆われ、雪と風が吹き荒れている。門を開けるどころか、外にだって出たくないだろう。

「門の周りの雪だけでもどかしておいてはどうだ？　あれは外に向かって開くタイプだ。邪魔な雪がなければ、少しは考えてくれるのではないか？」

「そうだな。俺たちなら大した手間じゃないし」

自身の身長を超えるような積雪程度、シンたちにとっては何の脅威でもない。多少力を込めたパンチで数メル分は吹き飛ぶ。

「街道を進んできたやり方はちょっと派手すぎるな。こいつを使うか」

シンはアイテムボックスから、雪かき用の武器を具現化した。

全長1・3メル。シンお手製のシャベルである。雪山エリアでは必需品と言われた武器のひとつだ。

モンスターの外殻にも突き刺さる鋭い刃先。細くも持ちやすい太さの柄と持ち手は、ゴーレムの一撃にすら容易に耐える。

土をすくう部分の肩幅は25セメルで、障壁を利用することでショベルよりも多くの雪をすくうことができる仕様だった。

これで雪を掘り、モンスターを切り裂き叩き伏せることができて、初めて雪山を冒険できる。そんな格言すらあった。もちろん半分はネタだが。

「普通は重労働なんだろうが、な！　っと」

シンとシュバイドは街を囲む壁を目指して雪をどかしていく。

ごっそりと掘り出した雪は一般人なら持ち上げるのも難しい量。相応の重さがあるが、シンたちにとっては、小石を拾って投げるようなものだ。

積もり積もった雪にサクッとショベルを突き刺し、一気に放り投げる。

人間除雪機とでもいうべき勢いで、馬車の通る道ができた。

街に着いたと言っても、門へ続く開けた場所で止まっていたので、まだ多少だが距離があったのだ。

シンとシュバイドはそのまま、門の前に積もった雪もどけた。吹雪のせいで、しばらくすればまた同じように積もってしまうだろうが、中に入る間くらいは持つ。

「おーい、誰かいないかー！」

見張りがいるのはわかっているので、彼らに気づかせるためにシンは大声で叫んだ。

何度か繰り返すと、見張りが動き出すのがわかる。空耳ではないと気づいたのだろう。

「ほんとに人がいるぞ」

「なんであの周りだけ雪がないんだ？」

壁の上から顔を出した見張りの声がシンの耳に届く。

向こうの声が聞こえないと困るので、【聞き耳】のスキルを発動していた。

「入れてくれー！」

はっきり聞こえていない可能性も考慮して、身振り手振りを加えて意思を伝える。

衛兵のしばらく待ってろという声が聞こえたので待機していると、人が通るための小さい門が開いて小屋の中にいた門番らしき男が出てきた。

寒さ対策だろう厚手のコートに手袋、ブーツも雪国仕様だ。コートの下には革鎧を着て、腰には剣。もう1人は門の中にいる。

「こんにちは。聞こえていたかわからないので改めて言いますが、中に入れてもらえませんか？このまま外で夜を迎えたくないんです」

「すぐに入れてやりたいところだが、さっきまでここら辺も雪に埋もれてたはずだ。あんたら何者だ？」

状況が状況なので、男は冒険者カードを確認するより先に問うてくる。

シンは、これで雪を掘ったんですと、特製ショベルで積もっていた雪を大きくすくって放り投げてみせた。

「なるほどな。確かにこれならアッという間に道ができそうだ。あとは一応身分証になるものがあれば確認させてほしいんだが」

「ええ、確認してください」

「やっぱり冒険者か……ってAランク!?」

差し出されたカードを受け取った見張りの男は、そこに記載されたランクを見て目を見張った。

「この雪の中を進めるわけだ」

男は小さくつぶやき姿勢を改める。

「メアトラにようこそ。優秀な冒険者の来訪は大歓迎だ」

男が自身が出てきた小門に合図を送ると、閉ざされていたメインの門が開き始めた。

シンたちが中に入ると、すぐに閉められる。開けっ放しになどできる状況ではないし、こんな日にやってくるのはシンたちくらいだ。

街の中は風も雪も外より穏やかだった。屋根には雪が積もっているが、大通りなどは雪かきがされて通行にも支障はない。

「場所が場所ですので外壁の外よりも環境が穏やかになる付与がされています。ですが、さすがに住民も戸惑っているようですな」

外よりは穏やかとはいえ、出歩いている人は少ない。

そんな中、シンたちのほうへ走ってくる男が１人。金髪碧眼《へきがん》のエルフの青年は、ベレットの姿を認めると速度を落としてゆっくり静止した。

「お迎えが遅れて申し訳ありません」

「伝えていた時間よりずいぶん早く着きましたからね。それよりも、何か変わったことは？」

ベレットは青年に頭を上げさせ、馬車に乗るように促す。

紹介はレコアという名前だけで、すぐに状況の推移を聞いた。

「外から来た皆さまならばご理解されていると思いますが、今も続く吹雪のせいで物資が入ってきません。吹雪のせいで通行が妨げられるのはこのあたりではよくあることなので、皆備蓄を消費してしのいでいます。ただ、このままではいずれ食料も燃料も底をつくでしょう。買占めと暴動、どちらが先かは、あまり考えたくありません」

メアトラの人々はまだ、多少吹雪が長引いているだけと思っている人が大半らしく、大きな混乱は起こっていない。

しかし、一部の商人や勘のいい人は物資を少しずつ買い集めているようだ。

「山のほうはどうです？」

「ここよりもさらに強い吹雪が吹き荒れているようです。調査員も戻ってこられなくなるとある程度登ってからすぐ引き返してきました。直接話を聞けるように、本人を支店に待たせてあります」

今のところ、ベレットにメッセージが来た時から状況はさほど変わっていないようだ。支店に着くと馬車を置いてすぐに調査員が待つ部屋に案内される。

中にいたのは革鎧を身に着けた女性だった。狩人のジョブを持つ選定者らしい。

紹介をしながら、山でＥＸシリーズを目撃したのも彼女だとレコアは言った。

「初めまして。黄金商会にて環境調査を担当しております、ミレア・ニッツァと申します」

商人と言うよりは冒険者と言ったほうがいいくらい、外に出ていることが多い調査員。それでも礼儀はしっかり叩き込まれているようで、礼をする姿はとても自然だ。

「それで、山の様子はどうです？」

「メアトラ周辺の数倍の規模といったところです。このあたりはまだある程度先が見通せますが、山のほうは1時間も登れば1メル先も見えないほどでした。私も借り受けた装備とアイテムがなければもっと早くに撤退していたと思います」

狩人のジョブには、木々の生い茂った森や吹雪の中でもモンスターやプレイヤーの痕跡を見逃さないようにしたり、移動ルートを視界に映したりするスキルがある。

狩人が道に迷うというのは、あまりあることではない。

しかし、今回はそうもいかないようだ。

ミレアによると、スキルの効果が弱まっているように感じられるという。実際、自分の移動してきたルートを見失いかけたらしい。

「自然現象じゃないってことで確定だな」

「はい。神獣の支配領域で似た状況に遭遇したこともあります。間違いないでしょう」

ミレアの報告を聞いて、シンは確信する。シュニーが遭遇したのは雷を身に宿す猪型の神獣、ゴアブルスの支配領域でのことらしい。

狩人のそれは索敵系に分類されるスキル。モンスターの支配領域やその周辺では、それが妨害されることもあった。戦闘中や何かしらのトラブルが起こっている時はとくにだ。

「戦っているのやもしれんな」

窓の向こうにある山脈へ目をやりながらシュバイドが言う。

「可能性としては、一番高いわよね」

フィルマも同意見だとうなずいた。ＥＸシリーズとマガンナの戦闘が、吹雪という形で周囲に影響を与えている。十分あり得ることだった。

「吹雪以外は、何か起こってるか？」

「いえ、他には何も。戦闘音のような音も強い振動もありませんし。ただ、音についてはこの吹雪でこちらまで届いていないだけという可能性もあります。外壁に付与された結界には、内側の環境を穏やかにするだけでなく大きな音を弱める効果がありますので」

シンたちがどういう存在か聞いているのか、ミレアがはきはきと答える。

移動途中のことを思い出し、シンもあり得るなと思った。

街の中ならともかく、外は風と雪のせいで、１メル離れただけでもかなり聞き取りづらい。御者台に座っていると、馬車の中の会話はほぼ聞こえなかった。

スキルがあれば聞き取れなくもないが、一般人には無理な芸当だ。

音については、モンスターが現れた際に、咆哮《ほうこう》によって住民がパニックにならないようにするためのものらしい。

「実際に登ってみるしかないな」

新たに得られた情報は少ない。

現地の調査員でこれなのだ。あとはもう自分の目で確かめるしかない。

ミレアに礼を言い、シンたちは支店を出る。馬車をアイテムボックスにしまい、門へ向かった。

「あんたたちはさっきの。どうかしたのか？」

門の裏手に立っていた兵士が不思議そうな顔で問うてくる。

少し前に着いたばかり、しかも今は徒歩だ。何をしに来たのかと思うのも当然だろう。

「外に出る？　外がどうなっているかはもう知ってるだろう。事情は知らないが、今はやめておいたほうがいい」

外に出たいので小さいほうの門を通らせてほしいとシンが頼むと、開口一番に止められた。

シンたちのことを知らなければ、当然の反応だ。

馬車があればまだ風と雪をしのぐことができるが、徒歩ではそれもできない。満足に先も見通せない吹雪の中に、徒歩で出ていこうとする人がいれば、止めないほうがおかしい。

「黄金商会に、この吹雪の原因調査を依頼されたんだ。対策はしてあるから心配はいらない」

冒険者がギルドを通さずに商人や商会に雇われることは珍しいが、ないというわけでもない。

トラブルになることもあるので非推奨ではあるが、相手が黄金商会ならば心配されることはなかった。

本当に依頼を受けたわけではないが、黄金商会の副支配人とともに同じ目的のために動いているのだから同じようなものだ。

「なるほど、だからあの吹雪の中でも移動してこれたってわけか。そういうことなら引き留める理由はないな。まあ、犯罪者でもなければ強引に止める権限もないんだが」

本来ならギルドカードを確認して送り出すだけ。それでも状況が状況なので外に出ようとする者は引き留めているらしい。

大きな混乱は起こっていないが、無茶なことをしようとする人はいるようだ。

「俺たちだって無理をする気はないさ。無理だと判断したら大人しく帰ってくるよ」

門番用の通用口を通って外に出る。

門の周りはシンとシュバイドによって雪が除去されていたが、すでに10セメル以上積もっていた。雪かきをしていないところは見上げるほどで、ほとんど壁だ。

シンたちはその場でしゃがむように足をため、大きく跳躍した。積雪の上まで跳び、その上に着地する。

「こんなに柔らかい雪でも、沈まないのね」

手で軽く雪をすくったティエラが、その柔らかさに、感心したように言った。

子狐モードのユズハや子狼程度の大きさになったカゲロウならともかく、フル装備のシュバイドが乗って沈まないのはどう見てもおかしい。

それを可能にしているのが、今回シンが新たに考案した装備だ。

本来のブーツや脚甲、グリーブを身に着けた状態で、さらに一回り大きな足用装備――今回なら雪国用のブーツ――を身に着ける。サイズ自動調整機能の応用といったところだ。

サイズ調整によって先に身に着けていた装備とぴったり重なるため、動く際も違和感はない。

ブーツには耐寒能力の他に雪や氷の上を移動できる【ホワイト・ウォーク】のスキルが付与してあるので、柔らかい雪の上に立つことができる。

「まだ効果を発揮する組み合わせが少ししかわかってないってのがな。なんでも組み合わせられれば、さらに装備を強化できたんだが」

本来の装備単体では、【ホワイト・ウォーク】の付与まではできなかった。それをすると、耐性のほうに不安が残る。

今回は付与に必要なリソースを一時的とはいえ増やせたのが一番の成果だ。

ブーツの素材は、シンからするとさほど丈夫とは言えない代物で、防御力に大きな変化はない。

もしモンスターの攻撃で装備が壊れたら、雪の上には立てず沈むことになる。

もちろん、そうなった時の備えもあった。

「今はこれだけでも十分ありがたいわ。それに、組み合わせがすごい数になるんでしょ？　そんなに簡単にはいかないわよ」

今の装備は、いわば試作品の中でまともに使えたものを使用しているという状況だ。適当な素材を使って装備を作っても、サイズ自動調整は発動しなかった。

すでに作ってある装備でも試したが、無理だったのだ。いろいろと失敗していたのを知っているので、フィルマは少し呆れ気味である。

「ま、あとは組み合わせをひたすら試すしかないからな。そっちは暇を見つけてやるさ。とりあえず、今はこのアイデアをくれたティエラに感謝だな」

「やめてよ。私はなんとなく思ったことを言っただけで、装備を用意したのも組み合わせを見つけたのもシンじゃない」

少しからかうような雰囲気で言ったからだろう。ティエラも本気で嫌がっているわけではないとわかる態度だ。そう、今回の新装備はシンの考案したものではない。

装備の重ね着とでもいうべき今回の件、事の発端はティエラのサイズ調整が自動でされるなら、装備を重ねられたりしないのかという質問だった。

シンもシュニーたちサポートキャラクターも、装備というものは一カ所に一種類というのが当たり前。

今の世界ならアクセサリと武器は例外、というくらいの認識だった。

サイズ自動調整機能を使って、装備の上から装備を身に着けるという考えはなかったのである。

ならば試してみよう。シンがそう考え、実行するのは当然だった。

そして、ものの見事に失敗する。サイズ自動調整機能が発動しなかったのだ。

そこで、やっぱりだめかと諦《あきら》めていれば、話はそこまでだった。

しかし、シンはふと思った。

ゲーム時代と今の世界は違う。今使ったのはゲーム時代に作った装備。ならば、こちらの世界に来て作った装備で試したらどうなるのかと。

結果は成功だった。移動時間や休憩時間を使って手早く作ったガントレットの上から、革のグローブが重ねられたのだ。

もしやと思い他のものも試したところ、成功したのは最初のガントレットと革のグローブの組み合わせと、鉄のグリーブとオリハルコンのグリーブという組み合わせだけ。

そう、素材や装備の種類で可能なものと不可能なものがあったのだ。

そんな発見をしてしまったら作り手の血が騒ぐというもの。

シンは空いていた時間をフルに使い、現状最高の装備に重ねられる装備を試作し続けた。

今回役に立つかどうかはほとんど賭けで、完成したのもギリギリのタイミング。それでも装備の新しい可能性を感じて少し怪しい笑いが出てしまったものである。

「俺には肝心のその発想がないんだよ」

「シンの言う通りです。私たちは『栄華の落日』前の考え方で、固まってしまっている部分がありますからね。おそらく、ティエラのような疑問を抱くことはなかったでしょう。自分にとって些細な疑問が、他の誰かにとって重大な発見になることもあるのです。実際に、こうして私たちが助かっていますからね。どういたしまして、くらいに思っておけばよいのですよ」

「そうかもしれないですけどぉ」

シュニーに褒められても、ティエラはいいのかなぁと迷っている。

シンにとっては大発見でありよくぞ言ってくれたという状況でも、ティエラにとっては自分が何かしたという認識にはならないようだ。

「ま、今回のことに懲りずに、疑問に思ったことはどんどん聞いてくれ。どこに大発見が隠れているかわからないからな」

「今回のはただの偶然なんだから、あんまり期待しないでよ？」

そう言って、ティエラは視線を前方に向ける。なだらかな上り坂は終わり、大きく太く育った大木が並ぶ林が見えてきた。

シンも軽口はここまでと口をつぐむ。

まだグランモスト山脈の序盤も序盤。モンスターよりも、野生動物に注意するべきエリアだ。

しかし、今回はどうやら違うらしいと、シンは探知圏内の反応に視線を向ける。視界に作用するスキルは吹雪の中を見通し、反応の正体を目に映した。

「おいおい、アイス・エレメントが出るのか」

シンの目に映るのは巨大化した氷の結晶だ。

弱点であるコアを中心に、木の葉のような突起が上下と斜めに2本ずつ、合計6本同じ長さで伸びている。

全長は1メルほどで、それが空中に浮かんでいた。雪の降るような寒冷地でもめったに出現しないモンスターで、攻撃しなければ襲ってくることはない。

シンが驚いたのは、アイス・エレメントがまだ標高の低い場所にいたという点だ。

「あまり楽観視できる状況じゃないみたいだな。街が氷に呑まれる前に、どうにかしないとまずい」

「そうですな。どうも今までとは様子が違うように思います」

同じようにアイス・エレメントを見ているのだろう。相槌を打ったベレットも表情が硬い。

シンたちが危機感を抱いているのは、アイス・エレメントが環境に影響を与える能力を持っているからである。

アイス・エレメントは本来氷雪地帯の奥地、すべてが凍り付くような極寒のエリアに出現するモンスターだ。

神や神獣の類ではないが、自身の存在するエリアを、氷に包まれた極寒の地へと変化させる能力を持っている。

正確には極寒の地にアイス・エレメントがいるのではなく、アイス・エレメントがいる場所が極寒の地へと変化するのだ。

街からさほど離れていない低地に、アイス・エレメントがいる。

それはすなわち、放っておけばグランモスト山脈周辺が、人の住めぬ極寒の地へと変わることを意味していた。そうなれば当然、麓の街も存続などできない。

「あれだけでも倒していく？　確か、数を減らせば変化する時間も伸びるし、全部倒せば変化はしないのよね？」

「そうだな。とりあえず、わかる範囲だけ潰しておこう」

アイス・エレメントがいたからといって、すぐに環境が変わるわけではない。

しかし、エレメントと名の付くモンスターは、元の環境が自分の属性に近いほど能力を高める傾向にある。

吹き荒れる猛吹雪が、アイス・エレメントの能力を強化しているのは明白だ。

ただでさえ大雪で危険なのだ。

そこにアイス・エレメントが干渉すると、通常の数倍の速度で変化が起こる可能性があった。

「真ん中のコアを砕けばいいのね？」

「ああ、矢でも魔術でも、何なら殴り砕いてもいい。とにかくコアを破壊すればそれで終わりだ」

「オッケー。ちょっといつもと感覚が違うけど、これくらいなら」

ティエラはいつもより少し時間をかけて弓を引き、放つ。

矢は緩やかな弧を描いて吹雪の中を疾駆し、アイス・エレメントのコアを撃ち抜いた。

コアを失ったアイス・エレメントは、砂のように崩れて吹雪に溶ける。

【分析《アナライズ》】が表示するアイス・エレメントのレベルは400から450の間。シンの知るものより50程度高い。

それでも、一番攻撃力の低いティエラでも一撃なのだ。シンたちの攻撃力なら何の問題もなかった。

向こうはシンたちの攻撃を警戒していないので、各自投擲や矢、速度と貫通力に秀でた魔術でアイス・エレメントのコアを撃ち抜いていく。

攻撃に反応する個体もいたが、防御より早くコアを撃ち抜かれるか、防御ごとコアを撃ち抜かれるかの二択だった。

「これで多少は時間が稼げるだろう。いくぞ」

他に反応がないことを確認して、シンたちは先に進む。

ドロップした素材については、進路上にあるものだけついでに回収するにとどめた。

一団はシンとシュニーを先頭にベレット、ティエラ、セティを中央、フィルマとシュバイドが後方を行く。

スキルの助けがなければ、少し離れただけで隣のシュニーすら見失いかねないほど視界が悪い。地元の猟師ですら近寄らないのも当然の環境だ。

「マップ機能がなかったら間違いなく遭難してるな」

「我々でなければ、進むこともできませんよ」

先ほどのアイス・エレメントも、スキルなしではよほど近づかなければ視認はできない。

マップ機能と視界を良好に保つスキルを十分に持っているシンたちだから、簡単に捕捉、撃破できたのだ。

「しかし、風除けをしてもこれほどの風を感じるというのは。やはり、吹雪そのものが神か神獣の影響を受けていると考えるべきでしょうか。ミレアさんは、スキルが弱まっているように感じたと言っていましたが」

風除けは精霊術によるものだ。シュニー、ティエラ、セティと精霊術が使えるメンバーが多いので、全員で行使してもらっている。

魔術スキルにも似た効果を持つものはあるが、精霊術と違ってひとつのものを防ぐのにスキルをひとつ使う必要がある。

吹雪を防ぐには風と雪、両方を防ぐために2つのスキルを行使しなければならない。

本来なら精霊術も同じだったのだが、今は融通が利くようになっていた。精霊術という枠の中で雪と風の両方を防ぐように精霊にお願いすれば、それが可能になっているのだ。

「この装備なら、無風に感じるはずだからな。その辺はどうだ。何か感じるか？」

「精霊術は正常に発動していると思います。ただ、精霊そのものが弱っていると効果が下がっていても私たちにはわからないので」

精霊を介して望んだ現象を引き起こすので、魔術のように手ごたえが感じられないとシュニーは言う。

この場で火の精霊に頼んで火の玉を作ろうとしても、ＭＰの消費量は変わらないが、実際に作られる火の玉は平地で作られるものよりも小さく威力も低くなる。

逆に、火山で同じことをすると火球は大きくなるが、余計に魔力を消費することもない。

「スキルも試してみました。こちらは間違いなく効果が低くなっていますね。感覚では氷に近い属性なら1割、遠くなるほど低くなる割合が増えるといったところでしょうか」

問われる前にいくつかの魔術で試していたらしい。シンも試しに4つの水球を出現させるスキルを使ってみる。

「なるほど、正確な数字が出しにくいな」

水球は同じ大きさのものが4つ出現した。それだけなら問題なさそうだが、感覚的に小さくなっているとわかる。

おそらく、威力も下がっているだろう。

あくまで感覚的なものなので、間違いなく効果が下がっているのだが、どれだけ下がっているとは言えなかった。

使用したのが水属性という、氷にもっとも近い属性なので、効果が大きく下がっていないのも理由のひとつだろう。炎術を使ってみると、水術よりも下がり幅が大きく感じる。

「魔術も精霊術も効果が下がってる。見た感じ、装備やステータスは変わってないか。探知系も同じっぽいな。気配が探りにくい。俺たちにとってはやりにくいけど、EXシリーズにとってはさほど問題になることじゃないな。相手がヴェナ・ヴァールなら、いい線いくかもしれない。俺たちみたいに、寒いと動きが鈍ることもないしな」

EXシリーズは、ほぼ全身がオリハルコンをはじめとした希少金属、それも三種以上のキメラダイトで構成されている。

素材集めだけで、丸々半年以上かけたのは伊達ではない。素材が素材なので、攻撃よりも防御に秀でる。それがEXシリーズの特徴でもあった。

そもそも無機物であるEXシリーズに、吹雪の副次効果である寒さなどほとんど効果はないし、スキルに頼っているわけでもないので、効果が下がっても大きな問題はない。

凍らされると動けなくなるのは同じだが、寒さによる身体機能の低下がないのは、ヴェナ・ヴァールと戦う上でシンたちよりも有利に働くだろう。

「私としては、大人しくしてくれていたほうがいいのですがね」

「EXシリーズって、あたしたちみたいに意思があるんでしょ？　性格とかわからないの？」

「直接話したことはありませんが、レード様は特殊な例外を除いて人形を必要以上に好戦的な性格にすることはありませんでした。なので、本来ならばこれまでの行動自体、考えられないことなのですよ」

フィルマの問いに、ベレットは他の人形の性格なども交えて話す。

シンもその点はよく知っている。人形は装備品扱いとはいえ、完全な人型になると、見た目はプレイヤーやサポートキャラクターと区別がつかない。

だからなのか、サポートキャラクターのように性格を設定することもできた。

レードのサポートキャラクターがベレットしかいないのも、人形がその役割を果たしていたからだ。

そして、ベレットの言う通り、レードは人形に好戦的な性格を設定することはなかった。例外もなかったわけではないが、それらは目的を果たした後に破棄されている。

「確か、最後のやつは忠誠心高めの真面目な性格じゃなかったっけ」

「私もそう聞いています。実際に話をしたわけではありませんので確認は取れていませんが、急遽変更になったとも伺っておりませんので間違いないかと」

共同開発をしていたので、どのような性格にするのかもシンは聞いていた。ベレットと同様に変更したとは聞いていない。

「予定にない起動だったから、人格が変わってるとか？」

「可能性は否定できませんが、あまり想像したくありませんな。説得できないと実力行使しかなくなってしまいます」

機械のプログラムではないが、バグやエラーが起きて設定された人格が変わってしまっているのではというシンの予想に、ベレットは渋い顔で返した。

ついてきたものの、EXシリーズと戦うことになったら戦力的にベレットはあまり役に立たない。神獣と1対1で戦える性能は伊達ではないのだ。戦闘向けでないベレットには荷が重い。

シンも、同じ主人を持つ仲間の説得なら大人しくなるのではないか、と考えてはいた。

「え、あれって……」

話をしながらも順調に進んでいた中、ティエラが困惑した声を出す。

どうしたのかとシンがティエラの視線の先を見ると、何かが雪に埋もれていた。

高さは1メルほど、横幅はもう少しある。積もった雪の間から、尖った木の枝のようなものが見える。

マップ上には反応がない。気配も生き物のものではなかった。

「これは……おいおいマジか」

半分雪に埋もれていたのは、鹿だった。

モンスターではない。野生の鹿だ。全部で6匹。

小さいものは1メル程度、大きいものは2メルはあるだろう。それらが寄り添い合うように倒れていた。雪から突き出ていたのは、鹿の角だ。

「外傷はない。おそらく、凍死だろう」

「他にも、それっぽいものがあるわね」

鹿の死体を検分したシュバイドが死因を告げると、周囲に視線を走らせたフィルマが同じような小さな雪山を見つけていた。

雪の中を【透視《スルー・サイト》】で見ると、鹿以外にも動物が寄り添い合って死んでいる。

「こういうところに住んでる動物って、寒さを回避する方法を知ってるもんじゃないのか？」

「多分、それじゃダメだったのよ。あそこを見て、熊の周りに小動物が集まってる」

捕食者と被捕食者が寄り添い合って暖を取ろうとする。そんなことが起こるほど、切羽詰《せっぱつ》まっていたのだろう。

「天候が崩れてからあまり時間が経ってないみたいだから、対応できなかったのね」

「こりゃ急がないと街もそうだけどこの山の生態系も壊滅するな」

マップ上には、動物であろう反応がまだ残っている。

洞窟のような寒さをしのげる場所に避難しているのだろう、とティエラは言った。

シンたちは進む速度を上げ、一気に山を駆け上がる。

麓から続いていた山は2000メル級。そこからさらに奥へ奥へと歩を進めた。

あまり一気に進みすぎると、いくら選定者でも高山病になるんじゃないかと思ったシンだったが、シュニー曰《いわ》く、選定者はそういった気候の変化にも柔軟に対応できるとのこと。

実際、3000メルを超えても息苦しさは感じない。

雪を降らせていた雲の高さを超えると、強い風が頬を打つ。異様に積もっていた雪は姿を消し、地面は雪ではなく氷に覆われ始める。

そして、標高4000メルを超えたところで、シンは足を止めた。

「さすがにここからは駆け抜けるってわけにはいかないか」

今までは動物もモンスターも、ほとんどがシンたちの気配を感じて逃げていた。

しかし、シンの視線の先、地面も木々も凍り付いた別世界とも呼べるエリアからは、怯《おび》えは伝わってこない。

気配だけで逃げ出すような低レベルのモンスターしかいないエリアはここまでだと、獲物を呑み込む口のように、氷に包まれた大地がシンたちの前に広がっている。大地を包む氷も、青白く光る神秘的なものへと姿を変えていた。

「本来の支配領域はここからってことかしら？」

「まさか私たちが近づいてくるのに気づいて待ってた……ってわけじゃないわよね？」

フィルマとセティが疑問を口にしたのは、氷に覆われた地面に立つ存在がいたからだ。

「門番として現れることもあったモンスターだ。おかしなことでもあるまい」

シンたちを静かに見つめてくる、兜《かぶと》に覆われた人の顔。大地を踏みしめる虎の脚。

シュバイドの言う通り、門番や宝箱の守護者として配置されることもあったモンスターの名は、ジェン・グー。

特筆すべきは、全身がクリスタルのような半透明の姿をしていることだろう。

環境によって姿の変わるモンスターの一種で、属性が火に偏れば全身が溶岩に、水に偏れば流水にと、全属性に対応した姿を持っている。

鎧を着た戦士の上半身が、虎の胴体から生えているのは属性が変わっても同じで、戦い方も属性ごとに武器が違うくらいだ。

火は大剣、土はハンマー、風は弓、雷は片手剣、光は鞭、闇は短剣。水と氷はともに槍だが、水は長槍、氷は短槍という違いがあった。

レベル帯は600~700。目の前のジェン・グーは648だ。

「神獣にちょっかいかける気はないから、通してほしいんだけどな」

ジェン・グーはすでに短槍を両手に持って臨戦態勢だ。仕掛けてこないのは、シンたちが境界線のようにはっきり分かれたラインを越えていないからだろう。

「ミラルトレアは、この先で間違いないな？」

「ここまでのルートも地図通りですので、間違いないかと」

ベレットが地図を確認してうなずく。

うなずき返して、シンは腰に帯びていた刀に手をやった。

黒一色の柄に炎を模した深紅の鍔。鞘は黒地に燃え盛る炎が描かれている。抜き放たれた黒い刀身にもまた、炎のごとき赤い波紋が浮かんでいた。

等級は古代級《エンシェント》の上位。名を『焦熱刀《しょうねつとう》』という。地獄の名を冠する、火属性でも最高峰の一振りだ。

「ここは俺が行く」

そう言って、シンは『焦熱刀』を手に1人で前に出た。

武器を抜いても踏み込むまで攻撃をしてこなかったジェン・グーに対する敬意はある。

しかし、それよりも踏み込んできたやつの強さがどれほどのものか、隠れて見ている相手に見せつけるためというほうが理由としては大きい。

ジェン・グーを1対1で圧倒できる事実を、その目に見せる。数に物を言わせて倒すより、宣伝効果はあるだろう。危険と感じて逃げるなら、そのほうが進みやすい。

「『六天』の1人、シン」

青白い氷の世界へ足を踏み入れ、『焦熱刀』を構えてシンは名乗る。静かに構えるジェン・グーの雰囲気が、シンにそうさせた。

ジェン・グーは、シンが名乗りを終え、『焦熱刀』を構えるまで攻撃はしてこなかった。

シンの名乗りが終わると、まるで名乗り返すように短槍を打ち鳴らして構えをとる。

人の上半身が戦士の姿をしているからか、一騎打ちでもしているような気分だ。

シンは『焦熱刀』を正眼に構え、ジェン・グーの出方を見る。

兜に覆われた頭部の奥で、ふたつの光が静かに瞬いていた。

鎧に包まれているように見えても中身はすべて氷で、兜をはがしても顔があるわけではない。

兜そのものが頭なのだ。器官としての目もなく、ふたつの光が目のように感じるのは、兜の切れ目が人の目の位置と同じで、実際に視覚で敵を感知していると知っているからだろう。

一定の明るさで揺れていた光が、わずかに輝きを増す。

次の瞬間には、地面の氷が削られる音とともに距離を詰めてきた。

構えを変えるように両腕をゆっくりと動かしていた矢先の突撃。下半身が人ではなく獣だからこ

そ、予備動作も人とは違う。

右の短槍を突き出し、左の短槍はシンの動きに合わせるためか、肩の高さに振り上げられたまま。

瞬く間に距離が詰まり、互いの間合いが重なった。

不意を衝く攻撃に、シンは『焦熱刀』を振って応える。

剣先が弧を描き、短槍を強く弾き飛ばした。下から上へ。刀の軌跡をなぞって空中に炎が走る。

1秒程度で消えるそれは、触れただけで【火傷《ヒート》】の状態異常を与える魔力のこもった炎だ。

刃で直接斬られると、傷口を炎が走り、斬撃と熱の二重攻撃になる。

霞むような斬撃に、しかしジェン・グーは怯《ひる》まない。

右手の短槍が弾かれるや否や、肩口にとどめていた左手の短槍を、間髪容れずに突き入れてくる。

『焦熱刀』の軌跡をなぞる炎はまだ消えていない。ジェン・グーの突きは宙に残る炎を目隠しにして放たれていた。

(悪いが、見えてる)

腕を焼かれても、その勢いはいささかも衰えていない。

しかし魔力の炎は、『焦熱刀』を持つ者に影響を与えないという能力がある。ジェン・グーが目隠しとして使おうとしたのかは定かではないが、仮にそうだとしても、シンには効果がないのだ。

シンはその場にしゃがむように身を沈める。

足に力を籠め、地面を蹴り砕いて一歩、前に出た。

ジェン・グーの左側を駆け抜け、すれ違いざまに『焦熱刀』を振るう。刀身に浮かんだ波紋が一際強く輝き、赤い軌跡がジェン・グーの体を突き抜けた。

踏み出した足で凍り付いた地面を踏みしめ、シンは止まる。

振り抜いた『焦熱刀』に、宙を走る炎が追いつくまでに、ジェン・グーは上下に分かれて倒れる。

「下半身だけ動いたりは……しないな」

昆虫系の半人半虫とでもいうようなモンスターの場合、今のように人の部分と切り離しても昆虫の部分が襲ってくることがあるので、シンは油断なく虎のほうへ注意を向けていた。

即死はしなかったようだが、視界に映るＨＰは一気に減少し、ゼロになる。

すると、分割された上下どちらもが、大粒の砂のように細かく砕けてしまった。

ドロップアイテムであるコアだけが、小さな山になった氷の粒の中に転がっている。

「周りにいたやつらは逃げたみたいだな」

「少しでも手こずれば襲い掛かるつもりだったのだろうが、ジェン・グーが一撃で倒されたのを見て焦ったのだろう。少し動揺した気配が漏れていたな」

周囲に目をやってからコアを回収したシンに、同じように周囲を見ながらシュバイドが応えた。

「こっちを見ていたのって、モンスターなんですよね？」

「ええ、そうです。どうかしましたか？」

シンとシュバイドの会話を聞きながら、ティエラが腑に落ちないといった表情でシュニーに確認を取っている。

「ちょっと変な気配が混ざっていたように感じたんですけど、気のせいでしょうか」

「変な気配ですか。できるだけ具体的に話してもらえますか？」

変な気配という言葉が気になり、ティエラとシュニーの会話にシンも耳を傾ける。

ティエラ曰く、その場にいるようないないような、うっすらとした気配だったという。

それでいて、肌がひりつくような感覚もあったらしい。

「どのあたりだったか覚えてるか？」

マップと探知系スキルによってどのあたりにどのくらいの数がいたのかはおおよそ把握できていた。

ティエラの言う気配をシンたちは感じなかったので位置を確認してみると、想定していたよりもかなり距離があった。

シンは身を隠しながらこちらを視認できる距離を想定したし、自分たちを見ていると感じられた反応はすべて想定内の距離に収まっていた。

てっきり気配を隠すのがうまい奴がいて、気配に敏感なティエラがそれに気づいたのだと思っていたのだ。

しかし、ティエラの証言から、その奇妙な気配は山の奥からこちらを見ていたとわかる。

正確な距離まではわからないようだが、場所と状況を考えると、ただ高レベルなだけのモンスターが気配の正体とは考えづらい。

「透視系のスキルを持った奴なら、できなくもないけど」

「山の奥っていうのが、意味深よね」

フィルマの指摘にシンもうなずく。方向ははっきりしていて、その直線上にはグランモスト山脈の最高峰であるふたつの山も入っている。

「まさか、もう神様が出てきてるなんてことは……」

「どうだろう。穏やかな状態の神でも存在感はすごいからな。さすがにティエラ以外にも誰か気づくと思うぞ」

ゲーム時代も、探知系のスキルがガンガン鳴り響くような相手ばかりだった。

イーラ・スーラとヴェナ・ヴァールも、その中に含まれている。

「こっちには出てきてない。でも、いる」

シンたちが疑問に首をひねる中、ユズハがまっすぐに山の方を見て言った。どうやら、神がいるのは間違いないらしい。

「とにかく前に進もう。こっちを見てたモンスターは退散してくれたから、無駄に戦わずに済む」

隠れてシンたちを見ていたモンスターは、決着の隙を突くなんてこともなく、一様に姿を消している。

ただ、一目散に逃げだしたというよりは、一旦引き下がったようにも感じられる動きだった。

群れで襲ってくるモンスターの斥候役なんて可能性もあるので、進めるうちに進んでおきたかった。

「不思議ね。全部がこんなに透明な氷で覆われているのに、生命の気配がしっかりあるわ」

氷に覆われた地面や木々を見ながら、ティエラは感心したようにつぶやく。

普通ならすべてが凍り付いた死の世界といった風景だが、実際は木々も草花も成長している。氷に閉じ込められているのではなく、守られているのだ。

一部の支配領域で見られた現象で、この状態で採取すると特殊な効果をもたらす薬草なども存在している。

「この手の場所じゃないと手に入らないものもあるからな。用事がなければ、俺も採取に励みたいぜ」

支配領域で生育するものや採取できるものの中には、月の祠にあるアイテムを自動で作り出してくれる生成機でも作れないものがある。

今のところ必要となる場面はないが、この手のアイテムは、必要となった時においそれと手に入らない。なるべく多くストックしておきたいと思ってしまうのが生産職の性《さが》だ。

「氷に包まれているのに成長するっていうのも、不思議ね。嫌な気配もしないし」

「薬草によっては、どんな支配領域で生育するかで最終形態が全然違う姿になるものもあります。支配領域は程度の差こそあれ、特別なのでしょう」

モンスターへの警戒もあって進む速度が下がったので、周囲を観察する余裕がある。

しばらく無言で進んでいたからか饒舌《じょうぜつ》なティエラに、シュニーがせっかくなのでと講義をしていた。今までは吹雪のせいで、まともな観察などできなかったのだ。

「距離を保ったまま、仕掛けてこないわね」

「でも、数は増えてる」

顔をあまり動かさずに、フィルマが感じた気配のことを口にする。

セティの言う通り、移動中に現れた2体分の反応が、今では7つになっていた。

戦いを始めるにはいささか距離があるので、シンたちからは仕掛けない。このまま何もなく通ればそれでいいのだ。

「コラルトスか。群れの規模は中程度ってところだな」

コラルトスは氷の牙を持つ、白いサーベルタイガーのようなモンスターだ。

白い体毛は雪原では迷彩の効果を発揮し、多少探知系のスキルを妨害する効果もある。

群れでの戦闘を得意としており、状況によっては格上のモンスターに勝つことすらある。氷雪地帯では気を付けなければならないモンスターの一種だ。

「あたし、4体しかわからないんだけど」

「コラルトスは探知系スキルをすり抜けてくるんだ。個体によっては、探知系スキルを妨害するスキルを持ってることもある。もしかすると、残りの3体はそうなのかもしれないな」

奇襲を察知して待ち構えていたら、予期しないところから攻撃されて死に戻りする、ということもあった。シンも別のモンスターで痛い目を見ており、探知系スキルは最優先で上げた。

「……どうやらまだいたらしい」

シンの探知圏内で新しい反応が出現する。すぐ近くというわけではないが、気づかないうちに近づかれた距離としてはこの世界に来て一番短い。

この世界に来てから、複数の探知系スキルを併用したことで爆発的に探知範囲が広がったシンだが、すべてがうまくいっているわけではない。

探知の精度は、自分を中心に近いほど上がる。距離が離れすぎると探知圏内でも何かいるくらいにしかわからないこともあった。

ただ、今回は距離的に精度の高い範囲の中。そう簡単に見逃すような位置ではない。山に入ってから感じていた、スキルの効果が低下している影響だろう。

反応があるのは氷に覆われた大岩の上。

シンが視線を向けると、反応の主はゆっくりと姿を現した。白い体毛に覆われた巨体が、シンたちを見下ろす。シンの記憶にあるコラルトスより、二回りは大きい。

牙は鋭く、片刃の剣のようでもある。岩をつかむ足から伸びる爪は、上から氷が覆っていてより鋭く、より強靭になっているのがわかった。

「群れのリーダーか？　二つ名持ちの、紅吹雪に似てるな」

レベルは785。コラルトスのレベル帯は600～700なので、種族の限界を突破している。

シンの言う二つ名持ちとは、亜種のような本来持っていない能力を獲得したり、肉体の一部が変化したりしている個体とは違い、単純に戦闘力が高くなった特別な個体につけられるものだ。

ゲーム時代はレアアイテムがドロップしたり、強力な装備の素材が手に入ったりした。

当然、相応の強さも持っている。基になったモンスターなど比較にならないほどだ。

紅吹雪とはコラルトスの二つ名持ちのことで、長い間戦いに明け暮れ多くの経験を積んだ老練の個体、という設定だった。

目の前のコラルトスも体のあちこちに傷があり、歴戦の風格を纏っている。

「……襲ってこないわね」

対峙して3分ほど経ったころ。杖を構えて臨戦態勢だったセティが、じっとしたまま動こうとしないコラルトスを見ながら言った。

威嚇《いかく》をすることもなく、飛び掛かってくるわけでもなく、シンたちを観察するように岩の上に立っている。

「敵意を感じぬ。我らを襲いに来たわけではないのか？」

シュバイドもコラルトスの意図がわからず、疑問を口にした。それでも油断なく『凪月《なぎづき》』を構えたままだ。

そして、さらに1分ほどして、コラルトスはくるりと身をひるがえし、岩の陰に消えた。

今までの様子から隠れて襲ってくるとは思えなかったが、念のため気配を追う。

しかし、シンたちの警戒など知らんとばかりに反応は遠ざかっていった。

「いったい何がしたかったのでしょうか？」

「さてな。戦う気じゃなかったのだけは、はっきりしてるけど」

シュニーの疑問に、シンはコラルトスの去った方向を見ながら答えた。

リーダーと思しき個体だけでなく、周りを囲んでいた個体も後を追うように姿を消している。

てっきり獲物を狙って集まってきたと思っていたので武器を構えていたが、もうどこにも姿がないのでシンは『焦熱刀』を鞘に納めた。

「コラルトスが向かった方向は、我々の行き先と同じですな」

地図を見ていたベレットが、方角を確認して言う。

ベレットは探知系スキルが得意ではなかったはずだが、姿を消した後も追跡できたらしい。近くまで来て攻撃もせず、シンたちを眺めて去っていったコラルトスのことを考えると、わざと居場所を知らせたような気もする。

「どんな意図があったのかはわからないが、今は進もう」

そもそもこの地に住むモンスターに喧嘩を売りに来たのではない。戦わずに済むならそれに越したことはないとシンは先に進むよう促した。

警戒は怠らずに、道なき道を進む。

進んで、進んで、進んで、進んで――確信した。

「モンスターの気配がない」

シンの言葉に全員がうなずいた。

最初のうちは探知系スキルの効果減少と領域内のモンスターが少ないことが合わさって、出会わないだけだろうと思っていた。

しかし、６０００メル級の山を踏破してなお、コラルトス以外のモンスターを感知することもできないのはさすがにおかしい。

探知系スキルも、まったく機能していないというわけではないのだ。

「いくら何でも、反応がゼロってことはないはずなんだが」

白く染まる息を吐《は》きながら、シンは周囲を見渡す。

仮にも６０００メル級の山の頂上である。

眼下に広がる光景は、何の憂《うれ》いもなく楽しめれば絶景の一言。しかし、視覚を強化するスキルを片っ端から使っても、モンスターの姿は確認できなかった。

探知系スキル同様、視覚に作用するスキルも効果が弱まっていたが、それでも一匹も見つけられないというのは妙だ。

領域に入る時はジェン・グーやコラルトス以外にも気配はあった。

効果が弱まっているとはいえ、シンの探知範囲は広い。相手の探知圏外から捕捉することだって十分可能なはずだ。

しかし、今はそれもなかった。文字通り、影も形もない。

「シンに恐れをなして逃げちゃったとか？」

「能力全開にしてるならともかく、今は殺気だの敵意だのをまき散らしてるわけでもないんだぞ？」

魔力の制御や気配の抑え方など、こちらに来てから身に着けたものは少なくない。

とは言っても、こちらに来た当初から、気配や魔力で警戒されるといったことはほとんどなかった。

普通にモンスターや動物に襲われたこともある。今は当時よりも気配を抑えられているので、シンを恐れて逃げたのではというフィルマの意見には疑問が残る。

「でも、こんなに何もないと罠を警戒したくなるじゃない」

「気持ちはわかるけどさ。俺たちは別にここの主と敵対する気はないぞ？」

敵同士だというなら、シンたちをおびき寄せるための罠と思えなくもない。

しかし、グランモスト山脈の主である神獣とも、神とも面識はない。罠を警戒する理由もなかった。

「とにかく進むしかあるまい。罠ならば食い破るまで」

「そうですね。今はミラルトレアかＥＸシリーズとの接触を優先すべきです」

「だな」

先に進めばわかると、シンたちは山脈の奥へと進んだ。

ペースは上げず、なるべく一定の速度で進む。

いくら選定者が高山病になりにくいとはいえ、まったくならないというわけではない。

シンも、現実世界ではテレビで見るくらいしかしたことのない高さなので、効果があるかはわからなかったが、一気に登るのはやめておいた。

氷に包まれた大地を歩き、岩を踏み越え、尾根を渡り、道なき道を進む。

身体能力の高さを頼りに距離を稼いだが、それでもEXシリーズが目撃された場所に着くまでに3日を要した。

「さすがに近くにはいないか」

ミラルトレアが駐留している場所へ向かう途中に寄れる位置だったので来てみたのだが、戻ってきた様子はない。地面を覆う氷は固く、足跡もなかった。

シンたちがいるのは、巨大な亀裂の中だ。

グランモスト山脈には地面に入った亀裂が広がったような地形が所々に存在しており、ここもそのひとつだった。

「ですが、別の反応がありますね」

シュニーが向いた方向に、シンも顔を向ける。

ここに来るまでの間にマップにも気配にもずっと何の反応もなかったので、近づいてくる存在を表す反応が出現したことにはすぐに気づいた。

反応はふたつ。それらはまっすぐにシンたちに向かって移動してくる。

山の斜面から亀裂の中へと飛び込んできたのは男女ひとりずつ。

着地の音をほとんどさせず、シンたちから少し離れた場所に降り立った。

男は黒髪黒目、髪をオールバックにし片眼鏡を付けている。非常に大柄で身長も2メルはあるだろう。

女は白髪青目、背中まである髪をポニーテールにしている。こちらは非常に小柄で男と並ぶと大人と子供だ。

極寒の地にあって男性は執事服、女性はメイド服を着ている。

さらに言うならばメイド服は、シュニーの『月光銀のメイド服』とデザインが酷似していた。

しかし、シンにとってこれらは驚くことではない。

なぜなら、それらのデザインを考えたのは同じ人物なのだから。

「お前たちだったか」

「お久しゅうございます。シン様」

執事服を着た男が静かに頭を下げる。隣のメイド服の女もともに頭を下げた。

彼らは人ではない。万能型のαシリーズ、その筆頭。

レードからミラルトレアの起動権限を与えられている、人型人形だ。

†

男はオウル、女はマイティという名だ。人形は装備品扱いのため、ジョブやレベルはない。等級で表すならば、古代級《エンシェント》上位。

プレイヤーのようなステータスもないため細かい数値は不明だが、シンたちの検証ではおよそ平均700程度はあるだろうという結果が出ている。

「ずいぶんタイミングがいいな。俺たちだってわかってたのか？」

「はい。このあたりを縄張りにしているコラルトスと協力関係を結ぶことができまして、彼らから得た情報をもとに考えたところシン様やシュニーたちと特徴が一致すると結論が出ました」

こちらを観察して去っていったコラルトスが情報源らしい。

「ここに来るまでに、モンスターの反応がなかったのも？」

「はい。いらぬ手間をかけぬようにと」

指示を出したのはオウルだが、それ以前にコラルトスがシンたちを危険な相手と判断して、縄張り内のモンスターに、手を出さないようにさせていたようだ。

もしかすると、ゲーム時代の紅吹雪と関係しているのかもしれない。あちらも、縄張り内のモンスターを率いているところが目撃されていた。

「俺たちがここに来た理由も、察しがついていそうだな」

「『六天』の方が直々に手を下すような案件は、現状ひとつしかありません。EXシリーズの件ですね？」

オウルの問いに、シンはうなずく。

それを見て、オウルとマイティはその場に膝をついて頭《こうべ》を垂れた。人形ゆえか、動きにわずかのずれもない。

『我々の不手際によりシン様のお手を煩わせたこと、伏してお詫び申し上げます』

発せられる声の間まで、ぴったり同じだ。だが、動作は機械じみていても声に乗せられた感情は本物だと感じられる。

「まずはミラルトレアに案内してもらえるか？　そこで何があったか聞かせてくれ」

「承知しました」

オウルたちを立たせ、案内を頼む。

グランモスト山脈の奥深く、岩と氷でまともな道もない中を飛び跳ねるようにして進んだ。

ルート上もコラルトスの縄張りなのか、モンスターが襲ってくることはない。

たまにモンスターの反応があるが、近づいてくる様子はなかった。

6時間ほどかけて、ミラルトレアのある場所に到着する。

ミラルトレアはベレットの地図に書かれていたポイントと同じ場所にとどまっていた。目撃されてからも、移動はしなかったようだ。

「ここは、周囲を別々のモンスターの縄張りが囲む緩衝地帯のような場所なのです。元はどのモンスターが縄張りにするか争っていたようなのですが、長く決まっていなかったようなので我々が使わせてもらっています」

突然現れたオウルたちに攻撃をしてきたモンスターもいたが、レードとともに戦ってきたため戦闘経験は豊富で、装備も充実している。むしろ返り討ちにしたという。

殺さずに野に帰し、戦うだけ無駄と思わせた。

コラルトスについては、人外型のλシリーズが拙《つたな》いながらもコミュニケーションが可能だったこともあり、いち早く友好関係を構築できたらしい。

シンたちが近づくと、ミラルトレアの車両のひとつが鳴動し、扉が開く。シンが来たことを感知したらしい。

中に入ると、人形たちがずらりと並んで立っていた。

人形たちの列の先にはテーブルと椅子が用意され、カップと菓子が並べられている。

メッセージを送った様子はなかったので、人形間でも心話が使えるのかもしれない。

シンたちが席に着くと、マイティや他の女性タイプのαシリーズがカップに茶を注《そそ》いでくれる。味や香りに覚えがあったので、ミラルトレアに常備していたものだろう。

「我々が目覚めたところからでよろしいでしょうか」

「ああ、頼む」

軽く一服したところでオウルが切り出した。

オウルたちが目覚めたのは、およそ2年前。大陸北端の洞窟の中だった。

ミラルトレアごと埋まっており、そこに至るまでの記憶はない。

ゲームがクリアされたという声を聞いたのが目覚める前の最後の記憶だ。

同じように機能停止していた人形を再起動させ、ミラルトレアの状態を確認していたところ、EXシリーズを格納している車両のハッチが開いており、起動前の人形が消えていることがわかる。

洞窟を掘り進んだようで、地上まで続くトンネルができていた。

ミラルトレアを起動させたオウルたちは、EXシリーズの行方を調べるために行動を開始する。

誰にも連絡がなかったのは、メッセージカードが使用できなかったから。また、ベレットたちがどこにいるかわからなかったから。

自分たちの居場所すらわからなかったので、まずは周囲の情報収集から始めた。

レードがログアウト状態なのはミラルトレアの機能でわかっていたようで、この世界にはいないとすぐに理解したようだ。

「08の痕跡を発見したのは、偶然でした」

08は人形の製造ナンバーだ。レードの最高傑作は文字通り8番目の人形で、名づけが済んでいないことから、オウルたちは仮の呼び名として、08と呼称しているらしい。

起動当初、ミラルトレアのハッチが強引に開けられたことは調査でわかっていた。そのため、起動前の08を強奪された可能性も想定していた。

情報収集の途中で金属の鎧をまとった巨人の話を聞き、詳しく調べたところ08の外見に似ていることがわかる。

その強さを知っているだけに、どこにいるかわからないベレットたちとの合流よりも08の追跡を選択したわけだ。

「すでに何度か接触に成功しています。ですが、こちらの話を聞かないのです。無理やり操られているわけではないことは確認できたのですが」

設定されていた自我は目覚めており、会話も戦闘も問題なくこなしていた。しかし、オウルたちがミラルトレアのドックに戻るように言っても、拒否して別行動を続けている。

ミラルトレアの兵器を使えば、止めることもできるだろう。

だが、起動前だったとはいえ08はオウルたちの仲間だ。ギルドハウス同士の戦闘で使うような強力な兵器を向ける決断はできなかった。

もしものために追跡と監視、説得を繰り返しているが、今のところ応じる様子はない。

「俺たちは暴走の可能性も考えていた。でも、そういうわけではないんだな？」

「はい。神獣との戦い以外、無差別な破壊行動を行ったことは一度もありませんし、稀にですがモンスターに襲われている商人や旅人を助けたこともあります。暴走状態ならばそのようなことは不可能だと判断しました」

神獣以外のモンスターは適当に蹴散らして進むようで、とどめを刺すことも逃げたモンスターを追うこともない。

神獣に関しても、戦闘不能になった時点で攻撃をやめ、とどめは刺さないようだ。

「会話はできるんだな？　支離滅裂な言葉を話すとかじゃなくて、こっちの話を聞いて理解してる？」

「その点は間違いなく。今の我々のように、互いに意思疎通できる状態です。とはいえ、こちらの意見はほとんど聞く耳を持ってもらえない状態ですが」

オウルたちの要求は、戦闘行為の停止とドックへの帰還だ。大人しくしてくれればそれでいい。

「他のＥＸシリーズはどうしてるんだ？　あいつらなら、抑え込むことくらいはできそうだが」

現在別行動をしている08以外にもＥＸシリーズに名を連ねる人形はある。

実験機的な意味もあり総合的な性能こそ劣るものの、どれも対神獣を想定して設計された人形だ。

数で押せば取り押さえることはできるのではないか、とシンは考えた。ただ、損害がひどいことになりそうだが。

「数で押せば、恐らくは可能でしょう。しかし、力ずくで押しとどめたとしても、そのあとが問題です。あれはミラルトレアのハッチをこじ開けて出ていきました。修理は容易でしたし、破損は少なく大した手間でもありません。ですが、ギルドハウスを自らの意思で破壊したのは紛れもない事実。ドックに押し込んだところで、もし拘束を振り切って暴れられでもしたら、今度は多少の手間では済まないでしょう」

オウルは渋い表情で言った。

目覚めたオウルたちの最初の仕事が、創造主であるレードから任されたミラルトレアの修理だったというのが不満なようだ。

また、オウルの言うように、押しとどめても暴れる可能性は否定できない。ミラルトレアのドックには拘束装置などない。

やるとしたら、別のＥＸシリーズを複数体投入して拘束する必要がある。それがもし振り切られることがあればどうなるか。

完全な破壊行動ではないが、ハッチを一時的とはいえダメにしたのだ。もし本気で暴れるなんてことがあれば、被害は甚大《じんだい》だろう。

いくらミラルトレアがギルド戦用の特別仕様だろうと、神獣と渡り合う相手に内部で暴れられては、少しの被害では収まらない。

「最終手段として、考えていないわけはありませんが」

「今のところ、人里離れた神獣の支配領域がメインの活動場所みたいだからな」

所かまわず暴れ回っているならば、オウルたちも各シリーズの人形を総動員して制圧していただろう。

しかし、件のＥＸシリーズは目的と思われるものがはっきりしており、無理に制圧を考える状況には至っていないとオウルたちは考えているようだ。

シンとて、友の残したキャラクターたちが傷つけ合うところなど見たくはない。戦いを挑まれる神獣には悪いが、オウルたちの考えを否定できなかった。

「とはいえ、今回はそうも言っていられないかもしれないんだよ」

「相手が神獣ではなく、神になるかもしれないからですね？」

「わかっていたのか」

シンが濁した部分を、オウルははっきりと言葉にした。

「ヴェナ・ヴァールおよびイーラ・スーラの戦闘データは残っております。このあたりには、あれらの魔力反応がありますので」

「魔力反応？」

オウルたちの言う魔力反応とは何かシンは問う。

対して、オウルはうなずくとともに隣に座っていたマイティに目配せをする。

「ここからは私がご説明させていただきます。私たちの言う魔力反応とは、モンスター固有の魔力の波長のことです。プレイヤーの方々もそうですが、神や神獣のような特別なモンスターも、個体によって魔力の波長が決まっているのです。それらはミラルトレアのシステム内に記録されており、それが、この地に神が存在していると私たちに教えてくれました」

シンがギルドカードを作る時にも、そんな話を聞いた。魔力版指紋認証のようなものをモンスターでもやっているらしい。

ただ、これはモンスターの中でも別格の存在のみに使える手法であり、低レベルのゴブリンやスライムなどには使えない方法だという。

「そんなシステムあったか？」

「『六天』の方々は、モンスター辞典として使用されていたと記憶しています。ギルドハウス内で使用されていたのはごく短期間のようですが。魔力反応については、機能確認をしている際に私が発見しました」

「モンスター辞典？　ああ、そうか。あれか」

この世界になって使えるようになった機能なのかと思ったシンだったが、マイティの指摘で思い出した。

モンスター辞典は、自身で戦ったモンスターの棲息地や弱点、ドロップアイテムなどが自動で記録される機能のことだ。

何度も戦うか、モンスターの情報が記載されたアイテムを手に入れるとより詳細な情報やモンスターの説明文などが読めるようになる。

ギルドハウス内ではさらにモンスターを立体表示することができ、モンスターと戦う際の作戦会議に使ってみては？　という説明が辞典のチュートリアルでされた。

言われてみれば、出現場所が固定されているモンスターはその場所が記録されていたなとシンは思う。マイティたちが使っているのは、その発展版といったところだろう。

「アップデートでプレイヤー個人のメニューからも見られるようになったから、こっちじゃ使わなくなったんだよな」

シンは視界の端にメニューを呼び出し、思考操作でモンスター辞典を呼び出す。表示されるモンスターのリストはゲーム時のままのようだ。

こちらに来たらリセットということはないらしい。

モンスター辞典はシンも素材集めをする際にお世話になった機能だ。

しかし、プレイヤーからいちいちギルドハウスに戻らないと見られないのは面倒。

ギルドハウスを持っていないプレイヤーはどうすればいいんだといった苦情が入り、機能を制限した簡易版がメニューを介してどこでも見られるようになった。

かなり初期の段階で改善されたこと、プレイヤーの知りたい情報は簡易版で事足りたことなどが重なり、デスゲームになる前あたりではギルドハウスで使えることを知らないプレイヤーがほとんどだった。シンとて、使えたことを忘れていたくらいだ。

「でも、神とか神獣とか、特別なモンスターでも居場所がはっきりしないやつの棲息域は不明って表示されるはずだろ？　機能が変わったのか？」

「記録された反応が近くにあるのがわかるという機能はもともと実装されておりました。しかし、プレイヤーの方がモンスター辞典を開きながらエリアを探索することは私どもの知る限りありませんでしたので」

新しく使えるようになった機能かと思ったシンだったが、マイティの話ではもとから使えたらしい。

改めて考えてみると、モンスター辞典を開くのは街やギルドハウスといった安全地帯で、わざわざモンスターの出るエリアで開くことはほとんどなかった。ましてや、開きながら歩き回るなどまずしない。

加えて言うなら、神や神獣のいる場所へ向かう時はもうそこにいることがわかってるわけで、モンスター辞典を開くということがそもそもない。

「つまり、辞典を開きながら歩き回れば、昔も出現を待たずに神のいる場所を探せたかもしれなかったと？」

「そうなります」

「マジか……」

ゲーム時代も使えたテクニックだったと聞いて、シンはなんだよその隠し機能と思わずにはいられなかった。

「まあ、今はそのことはいいか。その魔力反応でいつごろ出てくるとかはわかるのか？」

「いえ、存在が確認できる程度です。出現位置や時期については憶測の域を出ません」

とりあえず、いるというのがわかるだけのようだ。さすがにゲーム時代から使える機能にそんな便利なものは付けないかと、シンも納得する。

「神獣のほうはどうだ？　08は神獣が目当てと聞いてる。神獣の居場所がわかれば、08も近くにいる可能性が高い。それとも、もう捕捉済みか？」

オウルたちに倣い、シンも最高傑作を08と呼ぶ。

すでに戦闘が始まっているかもしれないとシンたちは予想していた。

山に入ってからそれらしい戦闘音や振動は感じていない。しかし、だから戦っていないだろうとも思えなかった。

グランモスト山脈は舗装された道などなく非常に険しいが、08にはさほど効果はない。

人形であるため酸素の薄さや寒さで動けなくなることはなく、睡眠も必要としない。体は疲れを知らず、巨体ゆえに人よりもはるかに移動が速い。山脈を踏破するのは人より容易だろう。

ならば、すでに神獣のところへたどり着いている可能性は高い。

先にグランモスト山脈に到着し調査をしていたオウルたちならば、どうなっているかも知っているはずだとシンは問いかけた。

「お察しの通り、08の位置は捕捉してあります。我々が移動せずに説得に時間をかけていられるのも、08がとどまっている場所から移動しないからです」

戦闘はすでに行われ、08の勝利で決着していた。

マガンナは武器こそ砕かれたものの、死んではおらず、山の頂上にある祠の中で傷を癒している。

08の方も無傷とはいかず、魔力の濃い場所にとどまって修復を行っていた。

いくら対神獣用とはいえ、無傷で勝利とはいかない。

自動修復機能はＥＸシリーズの標準装備なので、時間さえかければほぼ修復される。魔力が濃いところにいるのは、そのほうが回復が早いからだという。

「修復はあとどのくらいかかりそうなんだ？」

「まだしばらくかかると思われます。左脇を深く抉られましたので」

戦いの様子を、オウルたちは離れたところから見ていたという。

08を止められないなら、それしかできないだろうなとシンも思う。

いくらオウルたちがレードの作った最高品質の人形だろうと、ＥＸシリーズと神獣の戦いに割って入るのは無謀すぎた。

自身のステータスとスキルで戦うのがモンスターというものだが、一部にはプレイヤーのように、武器を振って能力以上の戦闘力を発揮するものがいる。

武器を持っているタイプはその傾向が強く、マガンナもそうだ。

戦闘は、08が装甲の防御力を頼りに距離を詰め、叩き伏せて終わったらしい。言葉にすると短いが、マガンナの操るトライデントによって容易には近づけず、防御のために酷使した両腕もかなり損傷しているとオウルは言う。

いくら体がキメラダイトで出来ているとはいえ、神獣クラスの攻撃を受け続ければ壊れる。シンの武器とてそれは同じ。愛刀の『真月《しんげつ》』が折れたように、耐久値を超えたダメージを受ければEXシリーズといえども破壊される。

キメラダイトを使っているから、『界の雫《しずく》』を使っているから、等級が最上位の古代級《エンシェント》だから。それらは決して、壊れない保証ではない。

「最後の一撃を入れる際の、相打ち覚悟の一撃でした。もともとダメージの入っていた場所に決死の一撃ともいえる攻撃を受けたことで、装甲が耐え切れなかったようです」

ゲームならばモンスターの攻撃にはダメージが設定されており、プレイヤーの装備やステータスから計算されたダメージが入るだけだ。

しかし、この世界ではモンスターもプレイヤーと同じく生きている。倒されそうになれば火事場の馬鹿力を発揮しても何らおかしくない。

マガンナの一撃もそれに近いものだったようで、深くまで突き刺さることのなかったトライデントが多少装甲が薄いとはいえ、はっきりと脇を抉ったのにはオウルたちも驚かされたようだ。

無理が祟ったのかトライデントは折れ、マガンナも拳の直撃を受けて倒れてしまったらしい。

08は起き上がらないマガンナを前に人形らしからぬ雄たけびを上げ、その場を去った。それ以降は先ほどオウルが言った魔力の濃い場所で自己修復に努めている。

「居場所はわかるんだよな？　案内してもらえるか」

「承知しました」

レードがここにいれば最高なのだが、今回ばかりはそうもいかない。説得できる可能性が残っているとすれば、ベレットか自分だろうとシンは思っていた。

自分がレードの代わりになる、などと自惚れるつもりはシンにはない。ただ、08もオウルたちも知らない、つけられるはずだった名前をシンは知っている。ベレットがだめだったら、そのあたりから話をするつもりだった。

「素直に従ってくれればいいけど、そうでなかった時は力ずくになる。覚悟はしておいてくれ」

「わかっております。我々としても、いつまでも好きにさせておくわけにはいきませんので」

オウルの言葉に周りの人形たちも静かにうなずいていた。

人型であろうとなかろうと、ミラルトレアの人形は皆しっかりとした人格を持っている。オウルとマイティは人形たちのいわばリーダー的な存在だが、特別賢いとか他が片言しかしゃべれないとかそういった優劣はほとんどない。

オウルとマイティがリーダー役を担っているのは、彼らがレードの最初の作品だからだ。

初めて作った時は、装備も容姿もここまでよくはなかった。

装備であっても武器とは違うので、パーツを交換し、外装を新調し、どんどん強化できる。

普通の武器は素材による強化限界があるが、人形は人格を保存するコア以外は取り換え可能なので、最初に作ったものを最後まで使い続けることができるのだ。

コア以外は別物になってしまうので厳密には違うのかもしれないが、人形師を選ぶプレイヤーには最初に作った人形を強化して使い続ける人が多かった。

シンもその点だけは羨ましいと思ったものだ。

話し合いで決着がつかなければ、力ずくで取り押さえることになる。そうなれば、最悪の場合、大部分を破壊することになるだろう。それを思って、シンは再度詫びた。

「悪いな」

「いえ、時間がありながら、説得も決断もできなかった我々に非があります。むしろその役目を背負わせてしまうことを、お詫びしなければなりません。どれだけそれらしい理由を付けようと、我々は仲間に刃を向けることができなかったのですから」

オウルたちにとって、レードに作られた人形はすべてがかけがえのない同胞だ。それゆえに、躊躇《ためら》ってしまった。

神獣に手を出すというのは、一歩間違えば、周囲に大変な被害をもたらす。

ゲーム時代でも、意味もなく神獣を刺激するのはバカのやることであった。神獣を殺すまでいっていないとはいえ、やっていることは危険行為だ。

本来ならば、すぐにでも力ずくでやめさせるべきだが、できなかった。どのような理由であろうと、同胞同士で傷つけあうという選択肢をとれなかった。

レードもベレットもいない状況では、オウルとマイティにミラルトレア内の人形運用の権限がある。08にＥＸシリーズをぶつけるという選択肢は、取れないわけではないのだ。

「いや、いいさ。レードだって、怒りはするだろうが責めはしないだろ」

まるで人のように表情を歪めるオウルに、シンはレードのことを思い出しながら言う。

穏やかにされど苛烈に、ぶっ飛ばしてでも止めなさいとでも言いそうだと、シンはかつての友を思い出して苦笑する。

身内の恥は身内ですすぐ。そのためならば鉄拳制裁も辞さない。そういうところがあった。

「行くのは明日でもいいか？　戦闘になる可能性を考えると、明るい時に行きたい」

もうすぐ日が暮れる。移動中に雪が降っていたのも確認している。

戦闘になると決まったわけではないが、素直に従ってくれると安易に考えるわけにもいかない。

初めて訪れる場所で、夜間の戦闘。相手は08か、傷を癒したマガンナや神という可能性も否定できない。

ゲーム時代でも危険が伴う行為だ。08が移動する心配がないのなら、夜が明けてから向かうべきだと理性が告げる。

「では、お食事の用意をいたしましょう。こちらに泊まっていかれますか？」

オウルたちも、急かすことはない。夜間戦闘の危険性は誰に言われるまでもなく理解していた。

戦闘用のギルドハウスでも宿泊設備は整えてある。わざわざ月の祠を出さなくてもいいだろうと、シンはオウルにうなずいた。

シンたちが立ち上がると、テーブルと椅子がさっと片付けられる。流れるような動きにティエラが感心していた。

オウルが先導してミラルトレア内を進む。

シンは内部構造を熟知していたが、それはそれ。久しぶりの客に、人形たちのやる気が高まっているのを感じて、案内されるがままだ。

「ギルドハウスを見るたびに思うけど、作られてから500年以上経ってるとは思えないわね」

案内された先、宿泊用の車両の中を歩きながらティエラが言った。

巨大なミラルトレアの車両一台が、すべて宿泊用に整えられているので、部屋が個室なのはもちろんレストランや大浴場など、いつ使うんだというような施設も存在した。

設備を清潔に保つ機能はもちろんあるが、それ以外にも人形たちが日夜清掃に励んでいるのでつい最近完成しましたと言っても通用する見た目なのだ。

「素材もいいもの使ってるし、定期的に点検もしてるみたいだしな。人手不足になることはないから、ある意味ラシュガムよりきれいかもしれないぞ」

『六天』の6番目のギルドハウスであるラシュガム。

ラスターという整備要員がいるため設備に関しては完璧に調整されているのは間違いないが、清掃まで行き届いているかというと、若干の疑問が残る。

いくらギルドハウスに環境の保全機能があったとしても、常に埃ひとつないほどピカピカとまではいかないのだ。

シンたちの感心する光景は、人の手ならぬ人形の手による細やかな仕事があってこそなのである。

ちなみに清掃は人外型のλシリーズの担当だ。見た目がモンスターっぽかったり、よくわからないキメラっぽかったりするが、その仕事ぶりは完璧であった。

「あ、どうも……」

レストランエリアに案内された一行。

自然な動作で椅子を引いてくれた人形に、ティエラが恐縮していた。

丁寧《ていねい》に接してくれるのもあるが、虎のような姿の人形が、2本ある尻尾で椅子を引いてくれたからなのも理由のひとつだろう。

ミラルトレアにおいて、接客が人型などという決まりはない。

「あ、おいしい」

用意されたのはコース料理だった。シンは料理には詳しくないのでなんとなくフレンチっぽいなという印象を受ける。

【THE NEW GATE】内では、様々な国の料理が再現できた。

そのせいか、大きな都市の裏路地などにはどこの国の料理かわからない謎の料理が出てくる店なんてものもあった。

今回の料理担当は、銀の料理人ことクックの調理を手伝ったこともある人形らしく、その影響か料理の腕は人形の中でもトップとのこと。そして、その名に恥じぬ味だった。

素直な感想を伝えたティエラに、給仕をしていた虎似の人形も思わずにっこりである。

「……ねむい」

「今日は夜更《よふ》かしする理由もないからな。さっさと寝るか」

食事と入浴を終え、案内された個室に入るとシンはすぐにベッドに横になった。枕元ではシンの肩で舟をこいでいたユズハが丸くなっている。

「ひたすら神獣と戦い続けてきた、か」

シンは眠るまでの間だけと、目を瞑って少し考える。

調査結果を聞く限り、08が目覚めるのとオウルたちが目覚めるのとでは、あまり大きなずれはないはず。仲間を起こさずに離れ、1人――08の場合は1体だろうか――でひたすら神獣と戦ってきた08は、いったい何を思っているのだろうか。

EXシリーズとしての存在意義を示している。ただそれだけとは、どうにも思えない。

同じサポートキャラクターのシュニーたちはわかっているのだろうか。そんなことを考えているうちに、シンの意識はゆっくりと、微睡《まどろ》みに沈んでいった。

Chapter 3　厄災の神々

THE NEW GATE

「では、頼む」

十分な休養を取り、万全の状態でシンたちは移動を始めた。

案内役はオウルだ。他の人形たちには、戦いになった時のことを考えてモンスターを追い払ってもらう。

コラルトスはこれから何か起こると予期しているのか、すでに姿を消しているようだ。

「あの山を越えた先になります」

オウルが指示した山を見て、シンは目を細める。

ミラルトレアを出て全体で4時間ほど進んだ場所が、目的地のようだ。

マガンナのいる山からは距離をとっているものだと思っていたが、思いのほか近い。イーラとヴェナのふたつの山が、自分たちを見下ろしているような気がした。

「いるな」

かなり近くまで来たからかマップ上にマーカーが出現していた。

色が示すのは中立。

ギルドメンバーのサポートキャラクターは味方を示す青がデフォルトなのだが、さすがに今の世界で目覚めた人形にまでは適用されないらしい。

「今のうちに何か口に入れておこう」

時間はちょうど昼だ。戦闘になった場合を考えて、軽く済ませる。

移動を再開し山を越えたところで、シンは遠視を発動させた。

「まだ完全に回復してはいないみたいだな」

巨大な爪痕のような割れ目の中に、目標を確認する。

全身鎧にフルフェイス、まるで騎士のような装いのそれが、レードの最高傑作、EXシリーズナンバー08の姿だった。

全身は4メルを少し超えるくらい。巨体を持つものが多い神獣相手にはまだ不安な大きさだが、全身がほぼすべて希少金属でできているため正面からぶつかっても当たり負けはしない。

武器は拳。

剣や槍などの武装も考えたが、大きさがでかすぎて整備が一苦労なのだ。修復のための素材も人形と別で必要になるためすさまじい量になる。

協議の結果、両腕に強化に強化を重ねてやられる前にやるスタイルが選択された。武器は手元からなくなる可能性があるが、腕ならそう簡単になくなりはしない。

そのため、08の腕、とくに拳部分は一般的な装備としてのガントレットより二回りは大きい。

頑丈さや耐久値は他のEXシリーズと比較しても飛び抜けていた。マガンナの攻撃を受けたのが拳だったなら、もうあらかた回復を終えていただろう。

シンの視線の先では、まだ08は膝をついている。

シンの位置からはちょうどマガンナに受けた傷が見えた。まだ切れ目が塞がっておらず、回復状況は7割程度といったところだ。

「こそこそするのも変だし、隠れずにいくぞ」

もともと気配を隠してはいない。あえて08の正面に回り、近づいてくるのが一目でわかるようにした。

兜の割れ目に光が灯る。待機モードから、戦闘モードに切り替わった合図だ。

王の前にひざまずく騎士のような体勢から、08がゆっくりと立ち上がる。瞳はなくとも、見られているのがシンにはわかった。

「すごい威圧感ね」

ティエラが緊張を滲《にじ》ませた声で言う。

神獣相手には小さいこともある08も、人が相手なら見上げなければならない巨体だ。加えて、一般的な騎士鎧のデザインよりも手足が一回り太い。

見下ろされた時の威圧感は、神獣にも引けは取らないと言える。

「大きさもそうだけど、纏ってる魔力が尋常じゃないわ。魔力が濃いところで回復してたからかしら」

「そうかもしれません。キメラダイトは魔力との親和性も高いですから」

神獣との戦いにも慣れているセティたちは、冷静に分析をしていた。

魔力との親和性の高さは待機時の回復速度にも関係する。魔力の濃い場所では、回復速度が上がるのだ。

「こんな状態になってるのは初めて見るけどな」

魔力を見ることのできる魔力視を使って08を見たシンは、その全身から噴き出すような魔力に警戒を強めた。

魔力を纏う武器は珍しくない。オウルたちも、多かれ少なかれ魔力を纏っている。希少金属を贅沢に使ったEXシリーズならなおさらだ。

だがそれは、体の表面に一定の量が安定した状態で保たれているのが普通の状態。

使用者が魔力を流すと変化するが、一部の例外を除いて、武具を包み込むようにしているのだ。

しかし、08のそれはシンが見てきたものとは明らかに違う。炎のように揺らめく魔力は、武具ではなく人が発する魔力に近い。

シンもこちらの世界で魔力視を使って気づいたことだが、人の持つ魔力は武具のように体を覆っているものの不安定で、本人の意思に反応して揺らめく。

道具の纏う魔力と人の纏う魔力では、その在り様が違う。だが、今の08の纏う魔力は人のそれか、あるいは武具における例外、呪いを帯びた武具にも似ていた。

08はシンたちが近づく間も立ち上がった状態から微動だにしない。じっと、シンたちを見ていた。

「俺は、シン。覚えているか？」

08の前に立ち、シンは問う。

起動試験をしていないと言っても、実際のところ設定通りの性格か確かめるために、未完成状態で短時間だけ起動させたことがある。

自分も深く関わっているだけに、シンも同席したのだ。

もし覚えているなら、少しは交渉もやりやすいのではないかと思っての問いだった。

「覚えています。我が主のご友人にして、協力者。主に並び立つお方」

流暢な言葉が、人なら口があるだろう場所から聞こえた。

口のないタイプの人形はスピーカーのような機能を持つ装置を内蔵しており、そこから声を出すのだ。08は人型なので、口の位置に内蔵されている。

「覚えていてくれたか。なら、ベレットはどうだ？」

「レード様のサポートキャラクターナンバー1。ベレットです。あなたとこうして話すのは、初めてですね」

シンも同席した起動時は、ベレットもいた。

「ベレット・キルマール。我が主の最初の従者にして、唯一の人の従者」

「そうですね。レード様は人形がいればサポートキャラクターを増やす必要もないだろうと、私以外の従者をおつくりになりませんでした」

08とベレットの会話を聞いて、シンもそんな話を聞いたなと思う。

人形でも店番は可能で、まだ人形師や陰陽師などの職が少なかったころは人以外が店番をしている店として一時有名になっていた。

「我々がここに来た理由は、わかりますか？」

ベレットが切り出す。まだ交渉段階ではあるが、纏う雰囲気は戦いのそれだ。

「ミラルトレアへの帰還および自機の機能停止と推測する」

「帰還はしてほしいですが、機能停止は絶対条件ではないと私は考えています。立場は違えども、我々は同じ方を主と仰ぐ同士。ともに歩むことはできるはずです」

ベレットの言葉を聞いて、08の魔力が小さく揺らいだ。

「考えてみてはくれませんか。レード様が今のあなたを見れば、きっとお止めになるはずです」

ゆらりと、今度は大きくはっきりと魔力が揺らぐ。

その様子は、08の心境を表しているようにも見えた。

見えたから、シンは動けた。

08が拳を振り上げる。それを、自身の目の前の地面に叩きつけた。

大地が割れ、粉々になる。そしてその余波はシンとベレットにも届く。

岩盤のように固く厚い氷と凍り付いて固まった大地が隆起し、大小入り混じった破片が飛んでくる。シンは『焦熱刀』を鞘に納めたまま、飛んでくる破片をはじいた。

「私を見れば、だと……」

爆発したように舞う土と氷の幕の中から、声が響く。

今までの抑揚のない機械音声のような声ではない。もっと生々しい、感情のこもった声。

「何を言ってくれるというのだ」

ゆらり、ゆらりと、魔力が揺らぐ。打ち下ろした拳を引きながら、08はベレットを見ていた。

「完成してから一度も使わず、起動すらしなかったこの私に！」

今までの抑揚のなさが嘘のような、感情の爆発。ゆったりと揺らめいていた魔力は一転、炎のように猛っていた。

「聞いてください！　レード様は決して、あなたを不要などとは思っていません！」

「ならばなぜ私を使わない！　なぜ姿を見せない！　私など使うに値しないと見限ったからだろう！」

叫びが、山に木霊《こだま》する。人形とは思えないほどの、生々しい感情に溢れている。しかし、その内容は、悲しいものだった。

「私は覚えている。初めて目覚めた時に聞いた、主の声を。私の完成について熱く語っていたその言葉のひとつたりとも、忘れたことはない」

唐突に声のトーンが落ちる。それに合わせるように、魔力の猛りも勢いを弱めた。

「私はあのお方の最高傑作。それに相応《ふさわ》しい装備がある。性能がある。私は、あの方のために生まれてきた」

事実だ。シンも、そしてレードも、今できる技術の粋を集めて完成した08が最高だと信じて疑わなかった。

しかし、それはまだ理論上のこと、実際に神獣と戦って初めて性能がはっきりする。

とはいえ、ナンバー07までの経験を踏まえれば、ほぼ間違いなくスペック通りの強さを発揮するとわかっていた。

そして、それは08自身の手によって証明された。

すでに複数の神獣を補給なしで倒している時点で、やはり自分たちの目に狂いはなかったとシンも思う。

ただ、08のつぶやきは事実を語っているというよりは、その事実を自分に言い聞かせているように聞こえた。

「だが、主は私を起動させないまま帰らない。国ができ、それが滅ぶほどの時間が経っても、あのお方は一度も姿をお見せにならない。あの言葉は何だったのだ。費やしてくれた時間は？　つぎ込んでくれた素材は？　作りかけのまま放置される私は、なんだ？」

掌が頭を包む。その姿は苦悩する人にしか見えない。

「答えは決まっている」

頭を抱えたまま、08の動きが止まった。

「ゴミだ。不要とされ、倉庫の隅に放置された鉄くずと同じだ」

「何を言って」

「そうでなければ、なぜ500年もの間、私を使わない。姿を見せない」

使われない道具はごみと同じ。存在する意義がない。

08の中で、使われないということはそういうことなのだ。

「姿を見せないのは、レード様だけではありません。クック様、カイン様、ヘカテー様、カシミア様。どなたも、戻ってきてはいません。今のところ、戻ってこられたのはシン様だけです。それとてここ一年以内のこと。それまでは皆、同じ苦しみを味わっていたのですよ」

なぜ戻ってきてくれないのか。それは、シンに対して、シュニーたちもまた感じていたことだ。

いつか戻ってくる。そう信じて、誰もが日々を生きてきたのである。

「シン様」

つぶやき、まるで今気づいたとでもいうような、のろのろとした仕草で08は顔を上げた。

「レードじゃなくて悪――」

「どこにいるのですか」

シンの言葉を遮り、08は言った。誰のことかなど、問うまでもない。

「……現実世界、といったらわかるか？」

「どうしたら、そこへ行けますか」

間髪容れずに返事が来た。

来ないのならば、こちらから行けばいい。そう考えたのだろう。

「わからない。俺もその方法を探している途中だ。ただ、酷なことを言うが、お前が行くのは無理だろうな」

変に希望を持たせるようなことは言わない。

戻る戻らないは別として、現実に肉体のあるシンならば、可能性は低くないだろう。元プレイヤーだって、可能性がないとは言えない。

しかし、08にはそんなものはない。戻るべき器がどうなっているかではなく、そもそも現実世界には存在しないものなのだ。

シンとて可能なら会わせてやりたいとも思う。だが、それはできないのだ。

「……私は神獣を倒しました」

「ああ」

「求められたスペックは満たしています。実戦もクリアしました。今ならば、ご期待以上の働きをお見せできます」

「そうだな」

「それでも、ダメなのですか」

すがるような声。それでもシンは首を横に振る。

もしかすると、08の願いをかなえる方法もあるのかもしれない。

だが、それは理論上、確率がゼロではないというだけだ。確定していないからゼロでないというだけで、現時点でも限りなくゼロに近い。

希望を持たせるようなことを言うほうが、酷というものだ。

「………………」

シンの言葉に、08は放心したように動きを止めた。項垂《うなだ》れ、両手は地面に力なく置かれている。

誰も、かける言葉が見つからなかった。

「なあ、レードはお前に――――」

「……我が手に光を」

どれだけそうしていただろうか。

シンが、せめてこれは伝えておこうと、つけられるはずだった名前を告げようとしたその時、08は唐突にそう口にした。

兜の奥で光る色が赤く染まっている。さらに、地面に置かれていた両手に光が宿った。

それを見たシンはとっさにスキルを発動し、障壁を展開した。

両手が大きく掲げられる。08の両手は金色に輝き、強い魔力を宿していた。

「ォォオオオオオオオオオオオオオッ!!」

咆哮とともに、両手が大地に叩きつけられる。

先ほどの一撃とは比べ物にならないほどの威力に、地面が爆発したように吹き飛んだ。

四方に走るひびが100メル以上にわたって地面を割り、吹き付ける衝撃は転がっていた岩石すら吹き飛ばし、一部では地面が隆起している。

「これは、まずいな」

叫び声を上げながら、08は叩きつけた両手を振り上げる。

2度、3度、4度。

何度も叩きつけられた拳は燃えるように赤く染まり、大地は注ぎ込まれたエネルギーを逃がしきれずにひび割れ、砕け、熱を帯びていく。

大地を覆っていた氷は溶け、地面が赤く燃え始める。

それはシンたちのいる場所を超え、魔力だまりができていた大地の裂け目全体に広まった。

もともとさほど広くない場所だ。08の拳から注ぎ込まれるエネルギーに耐えうるだけのキャパシティーはなかった。

最後の一撃とばかりに一際強く撃ち込まれた拳に反応するように、岩やひび割れから炎が上がる。

「話し合いでは、解決しそうにありませんな」

「こうなっちまったらな」

盾を構えていたベレットが、悲しげに言う。

他の人形たちよりも人らしかった08だ。レードが戻ってこない、会いにも行けない現実に耐えきれなかったのだろう。

威力は桁違いでも、その動きは癇癪《かんしゃく》を起こした子供のようだった。

人格が設定されているとはいえ、起動時間だけを考えれば08の人生経験はかつて設定確認のために起動した時を除いて、ほとんどが神獣との戦闘に費やされている。

他者とのコミュニケーションに費やした時間。オウルたちのようにレードと接していた時間。

そういったものが、まったくと言っていい程足りていない。今の言動も、ある意味仕方のないこととシンは思った。

「止めるには、力ずくでやるしかなさそうだ。悪いな、穏便に済ませられなくて」

「いえ、我々もまた説得に失敗した身です。謝られるようなことはございません。もはやレード様以外では止められなかったのでしょう」

今の08は何をするかわからない。最後の一撃を振り下ろした今も拳に宿る光は消えず、兜の奥の光は赤く明滅している。

オウルとマイティはこうなることがわかっていたように、落ち着いていた。

タイプは違えども同じ人形同士。暴れはせずとも、その心のうちは理解できるのだろう。

「まずは、一旦ここから出るぞ。いつ崩れてきてもおかしくないからな」

シンたちのいる場所は山の中にある亀裂。

壁のようにそそり立つ大地には今や多くのひびが入り、今にも崩れてきそうだ。

また、08の魔力にでも反応したのか、大地に血管のような赤い線が浮き上がっている。

08はただ暴れればいいだけだが、シンたちは08を完全に破壊せずに、確保しなければならない。何が起こるかわからない場所で08の相手をするのは、シンたちといえども分が悪かった。

「ォォオオオオオオオオオオオオオオオオッ!!」

シンたちが赤く染まる大地から離脱しようと動き始めるのとほぼ同時に、08が再び吠えた。

全身から魔力が噴き上がり、呼応するように大地から炎が噴き出す。そして、大地を走っていた赤い線が強い光を放った。

「全員集まれ！　シュバイド!!」

「応っ!!」

膨れ上がる魔力、噴き上がる炎、異様な光を放つ線。それらがシンの中である現象を連想させた。

とっさに全員を集め、『大衝殻《だいしょうかく》の大盾』を装備し障壁を展開、さらにスキルも上乗せする。

シュバイドも同じ危険を察知していたのだろう。何も言わずとも同じように防御を固めていた。

さらに、シンとシュバイドに合わせてシュニーが地面に手をつく。スキルの発動と同時に、シンたちを中心に数十メルほどの地面が凍り付いた。

爆発が起こったのは地面が凍るのとほぼ同時。

シンたちの視界が真っ白に染まる。大地震のような振動が全身を震わせるが、予想していた爆音はない。

障壁に爆風と炎が当たっているのはわかるので、誰かが音を消すスキルを使ったのだろう。

「全員無事だな？　障壁を維持したまま移動するぞ」

音が戻ってきたのを確認して、シンは言う。

周囲は爆発で生じた煙で何も見えないが、【透視《スルー・サイト》】があるので移動先を見誤ることはない。

シンたちを囲んでいる障壁は煙や埃も防いでくれているので、足元にさえ気を付ければ移動は容易だ。大地に注ぎ込まれたエネルギーは爆発で使いつくされたらしく、血管のように走っていた線は消えている。

「動きませんね」

「こっちを見失ってるとは思えないんだけどな」

爆発のあと、08は魔力をたぎらせたままその場に佇んでいた。

爆発によるダメージはゼロではないが、多少のダメージはすぐに回復している。

シンの知るものより回復速度が速いのは、魔力の影響だろう。

魔力の濃い場所にいたからか、シンの知る戦闘モードよりも出力が上がっているように思えた。

「シン！　崖が崩れるわ！」

「仕方ない。全員走れ！」

爆発の衝撃に耐えられなかったようで、フィルマの叫びとほぼ同時に崖が崩れ始める。

爆発の衝撃を知っているシンとしては、すぐに崩れなかっただけよく耐えたと称賛したいところだ。

風術で視界を妨げる煙や埃を吹き飛ばし、一行は崖崩れのない場所まで退避した。

08は動かない。落ちてくる岩石や流れ込む土砂にも逆らわず、すぐに姿が見えなくなった。

「えっと、これどうするの？」

「機能停止したっていうなら掘り出してドックに戻すんだが、そういう感じじゃなかったんだよな」

兜に灯った光は消えていなかった。全身に纏う魔力もだ。

このまま黙って土に埋もれているとは思えない。マップ上では、08のいた位置には白いマーカーがある。

敵でも味方でも中立でもない。人形のような自立する装備扱いのキャラクターを示す色だ。

ただし、味方の人形は味方と同じマーカーになる。レードの人形であるオウルやマイティは、味方を表す青マーカーだ。

08は正式な起動前だったので、レードの所有物ではあってもシンの味方とは判定されないらしい。

先ほどの行動を考えれば、敵判定されていてもおかしくないが。

「出てくるぞ」

しばらく様子を見ていると、亀裂に流れ込んでいた土砂の一部が爆発したように吹き飛んだ。

姿を現したのは、もちろん08だ。マーカーの色は敵を表す赤に変わっている。

「やる気みたいだな。ベレットたちは下がっていろ」

「申し訳ございません。よろしくお願いいたします」

深く頭を下げ、ベレットとオウルは邪魔にならないよう距離を取った。

戦いに加わるには、能力的に見てベレットでは危険が伴う。

オウルもそうだ。同じレード作の人形とはいえ、08とは性能差があり過ぎる。それゆえ、戦いになったら離れているようあらかじめ決めておいたのだ。

ゆっくりと08が歩いてくる。魔力の高まりと展開された武装。完全に戦闘態勢だ。

「本気なんだな?」

「シン様が、仲間が危機に陥れば、戻ってくるやもしれません。あの方ならば、きっと」

「そうか」

シンは08から追い詰められた者が放つある種の狂気を感じ取った。もう、自分で自分を止められないのだろう。08にとって、創造主であるレードに会うことがすべてなのだ。

「全力で来い。そうすれば少しは冷静になれるだろうさ」

『焦熱刀』を抜く。シュニーたちには邪魔が入らないように周囲の警戒に当たってもらった。

もし戦闘になったなら、シンが相手をすると決めていたのだ。

レードの次に製作に関わっているのがシンだ、そのくらいはしていいだろう。

08の行き場のない思いに応えてやる。そう言えるほど、シンには確固とした信念や覚悟、経験などはない。

もとは講義とバイトの日々を送っていた大学生なのだ。デスゲームを体験して、この世界でも戦いを重ねているが、さりとて中身が劇的に成長するかはまた別の話。

体験した戦いのほとんどは話し合いの余地のない殺し合いだ。

そんな経験では、何百年も主を待ち続けておかしくなってしまった相手にかける言葉など浮かぶはずもない。

今できることは、思いのたけをただ受け止める。それだけだと思っていた。

シンの抜刀に合わせ、08も構えをとる。

いざ、激突。その場の誰もがそう思ったまさにその時、大地が鳴動した。

08が拳を叩きつけた時の衝撃を伴う振動ではない。地面そのものが大きく揺れる、地震だ。

「……このタイミングでか」

この世界では、地震は滅多に起こらない。

大地がどういった構造になっているのかなど、ハイエルフやハイピクシーのような長命種でも知らなかった。

そもそも、現実世界のようにプレート同士の干渉によって起こっているのかも不明だ。

それゆえ、この世界で地震が起こる場合はほとんどがモンスターが原因だった。

地面の中を移動するもの、土属性の魔術に特化したもの、大地そのものに強く干渉するもの等々。

そういった能力を持つモンスターの影響で、地面が揺れるのだ。

そして、今回の地震は、単純にモンスターが外に出てくるゆえのもの。本体にその意思がなくとも、あふれ出る力が周囲の環境に影響を及ぼす。

「全員、耐熱装備を追加！」

揺れる地面に目を向けていたシンは、そう叫んでその場を飛びのいた。

直後、大きく噴き上がった炎が、シンのいた空間を焼く。

「まさか、さっきの連打で起きたっていうのか？」

炎は赤と青の二重螺旋《らせん》。その組み合わせを、シンはよく知っていた。

大地が焼ける。

08の時とは違う、炎は大地のいたるところから噴き上がり、山全体を焼き尽くさんとする業火となっていく。

視線を上げれば、ふたつの山のうちイーラが燃えていた。

耐熱マントを羽織ってもう一振り刀を取り出したシンの視線の先で、それは形をとった。

大地を覆っていた業火が一塊になり、膨れ上がる。そこから左右に一本ずつ炎が長く伸び、さらに別で空に向かってわずかに伸びる。

そして、それらをオレンジ色の、石のようにも、皮のようにも見えるものが覆っていった。一言で言い表すならば、ガントレットと仮面だろう。

ただ、一般的なガントレットとは違う。人で言う手から肘あたりまであるそれは、装甲は薄く所々くりぬかれたように枠だけになっている。

仮面はひし形で、目に相当する場所に長方形の穴が開いているだけだった。仮面とガントレット以外はすべて炎で、そのふたつだけが炎によって浮かんでいるようにも見える。

それはシンがゲーム時代に何度も見た、イーラ・スーラの厄災形態。全長5メルを超えるふたつの炎が絡み合った灼熱の化身だ。

討伐されるか、蓄えた力を使い果たすまで暴れ続ける、厄災の炎。

プレイヤーにとってはレアアイテムをドロップするモンスターでしかなかったが、今はそうも言っていられない。

そして、異変はそれだけでは終わらなかった。

『シン、08の後方を見てください！』

シュニーからの心話に、視線を動かす。イーラ・スーラはまだ完全な状態ではない。目をそらすくらいの余裕はあった。

08はその場から動いていない。顔はイーラ・スーラに向けているが、攻撃を仕掛けようとはしていなかった。

「おいおい……嘘だろ！」

08の後方、50メルほど距離を開けて、赤く焼けていたはずの大地から紫色の氷が生えていく。

これもシンは知っている。パキともメキとも聞こえるそれは、青く透明な氷に守られながら育っていた植物やモンスターを根こそぎ芯まで凍てつかせる死の音色。

それは、ヴェナ・ヴァール顕現の合図だ。

「まさか、だよな……?」

シンがつぶやいている間にも、氷は成長していく。長く伸びるそれは、太さ2メルほどの氷の管のようだ。

イーラ・スーラはヴェナ・ヴァールの出現を待っているかのように動かない。08も振り返って様子を見ている。

長く伸びた氷は10メルほど、表面が剥離することによって形が整っていく。初めに現れたのは女性の顔だ。その造形は美しく、背まである髪は日の光を浴びて輝いている。

すべてが氷でできているため、まるで彫像のようだ。

続いて現れたのは人の体。ふくよかなふくらみと滑らかな肌。頭部の美しさと相まって裸婦像のようだが、それには両腕がなかった。あるべき場所には鋭利な断面があるのみだ。

さらに剥離は続く。

次に現れたのは鱗。上半身が人の女性なら、下半身は蛇だった。対比としては人が3、蛇が7といったところ。

最後に剥離した氷が集まり四枚の羽を形成する。

ひし形のそれは左右2枚ずつ。上半身の背後に浮かんでいた。すべての羽には目を模した模様が浮かんでいる。

ヴェナ・ヴァールもまた、厄災形態だった。山のほうも影響を受けるようで、名の由来になったイーラが燃えるなら、ヴェナは凍り付くらしい。

イーラ・スーラがすべてを焼き尽くす業火なら、ヴェナ・ヴァールはすべてを凍らせる吹雪。

シンの経験でも、神が2体同時に出現したことはない。

見たこともなければ、聞いたこともなかった。

「両方とも厄災形態かよ」

ひたすら暴れ回る状態で、制御は一切できない。ここがグランモスト山脈の奥深くだろうといずれは外に出る。麓には街もあるのだ。どちらもこの場で倒す必要があった。

『ベレット。悪いが今回はこっちを――ッちぃ！』

ベレットに心話をつなげていたシンはとっさにその場から飛びのく。そこへ、巨大な拳が突き刺さった。

神の出現以降動かずにいた08が攻撃を仕掛けてきたのだ。元いた場所から一気に跳んで距離を詰めたため、足音がしなかった。

2体の神の出現とベレットへの連絡で08への意識が薄れていたところへの、無音の奇襲だった。

大地を砕く轟音が合図になったか、2体の神も動き始める。

炎神イーラ・スーラ。

氷神ヴェナ・ヴァール。

ＥＸシリーズナンバー08。

そのどれもが、シンに狙いを定めていた。

†

「なんで神まで俺を見てるんだよ」

イーラ・スーラは瞳がなく、ヴェナ・ヴァールも目はただの氷の塊。人や動物のように機能的な目があるわけではないだというのに、シンは見られているとはっきりわかった。

ゲーム時代はプレイヤーが近くにいると優先的に狙ってくることがあったが、そこは同じでなくてもいいだろうと思わずにはいられない。確定行動というわけでもなかったのだ。

さらに言うなら、08の視線もガンガン飛んできている。神の意識が向いているのに気づいているのか、すぐに追撃はしてこない。

『ど、どうするの⁉　あれって、神様、なんでしょ……？』

シンたちから話を聞いていたティエラが動揺していた。

カゲロウとユズハが両脇を固めている。

『できれば08だけに集中したかったが、あれは放っておけない。どっちもひたすら暴れ回る状態のはずだ。まだこっちを見てるだけで動いていないのは、2体同時に出現したせいとかだろ』

2体同時顕現が神にどう作用しているのかは、シンにもわからない。

シンの知る完全な状態になった神は、どちらも視線を向けてくるだけで、動きは鈍い。

ただ、威圧感は十分で、視線には敵意しかないので、このまま大人しくしてくれるだろうという希望的観測はとうに捨てていた。

神は動かないと判断したのか08の拳が繰り出されるが、シンは回避に専念して指示を出す。

『……皆聞いてくれ。俺が神の相手をするから、シュニーたちは08を大人しくさせてほしい』

『いくらシンでも、それは無茶なんじゃない？』

『ベレットたちのためにも、08は逃がしたくない。いや、今なら逃げずに突っ込んでくるだろうけどな。ただ、神も俺に相手をしてほしいみたいでな。さすがに手加減している余裕はない。俺のステータスなら、間違って08を真っ二つにしてしまう可能性もある。だから、皆に頼みたいんだ』

2体の神を相手にするというのは、シンでも未体験だ。神同士で連携してくる可能性もある。

そんな相手と戦っているところに08が乱入してきては、何が起こるかわからない。

神はここで確実に倒しておきたい。しかし、08も確保したい。

我がままだということはシンもわかっている。だが、全員でかかればそれも可能だとも思っていた。ステータスも装備も、ゲームのころとは違う。

『でしたら、せめて何人かそちらに回させてください。今の私たちならば、全員でかからなくとも後《おく》れは取りません』

確固たる自信を滲ませて、シュニーは言う。

神獣と単独でやりあえるのがＥＸシリーズではあるが、シュニーたちも連携すれば神獣と戦えるだけの能力はあった。

ソロか、パーティかの違いはあろうと、相手にできたことには変わりない。

そして、シュニーたちはシンと行動をともにする過程でパワーアップしている。装備も性能が向上し、ソロでもパーティとしてもかつてのシュニーたちを凌《しの》ぐ。

さらに、肝心の08はマガンナとの戦闘のダメージが完全には回復していない。

そもそも自己修復機能も１００パーセント完全な状態に戻せるわけではないのだ。そうでなくては鍛冶師の存在意義が薄れてしまう。

万全な状態で能力も向上しているシュニーたちと、度重なる連戦で消耗し、今も万全とは言い難い08。サポートキャラクターが全員でかからなくとも制圧できるだろう。

『わかった。08は任せる。シュバイドは俺と来い！　あいつらは攻撃範囲が広い。シュニーたちの邪魔をさせるな！』

『承知‼』

シンからの指名に、シュバイドが気炎を上げる。

2体の神という強大な相手を前に、主とともに戦える。それは武人として設定されたシュバイドにとってこの上ない栄誉と言えた。

溢れる闘志が魔力と混ざり、荒ぶる炎のごとく揺らめいている。

『ティエラたちは一旦距離をとって様子を見ててくれ。今はどいつも俺を狙ってるが、神はもともと目標を定めずに暴れる。もしどっか行こうとしたら援護を頼む』

『わかったわ。無茶しないでね』

カゲロウとユズハを伴い、ティエラが後退していく。

ユズハにはティエラの護衛とともに、グランモスト山脈の地脈に異常がないか調査も頼んだ。

シンの今までの経験上、神が同時に顕現するという事態が自然発生したとは考えにくい。

08の攻撃が原因のように思えるが、それはあくまで現状で一番それらしいというだけだ。これに瘴魔《デーモン》や悪魔が関わっていないとも限らない。

もしさらに何かあった場合を考えて、打てる手は全部打つ。ベレットとオウルにも、いざという時のためにミラルトレアの準備を始めるようティエラ経由で伝えてもらう。

そうしている間に、神が動き出す。こうなると、さすがにメッセージやチャットのやり取りをしている余裕はない。

手始めとばかりにイーラ・スーラが炎を撃ち出してくる。

殴りつけるように腕を動かすと、ガントレットから溢れ出た炎が分離し、砲弾のようにシンに向かってきた。

シンなど簡単に呑み込めるほどの炎。しかし、シンはよけない。

障壁を張ろうとしたシュバイドに待ったをかけ、新しく取り出していた刀を抜き放つ。

群青色の鞘から現れたのは、半透明の刀身。

刀身の表面が水のように波打つ様は、武器というよりは芸術品としての印象が強い。

古代《エンシェント》級上位の刀『止水《しすい》』。

水属性の付与された刃は振るだけで飛沫を起こし、火属性を弱める効果を持つ。

抜き放った『止水』にスキルを乗せて振り下ろす。

刀術水術複合スキル【青柘榴《あおざくろ》】。

空を割く刀身を追うように、薄い青色の軌跡が宙に描かれる。青い斬撃となって飛んだそれは、同じく飛んでくる炎と激突した。

すり抜けるように炎の中に入った斬撃は内部で膨れ上がり、大小複数の斬撃に分かれて宙を舞った。炎は内側からはじけるように消え、分かれた斬撃はそのままイーラ・スーラとヴェナ・ヴァールに向けて飛ぶ。

イーラ・スーラは腕で、ヴェナ・ヴァールは尾で斬撃を受けた。

イーラ・スーラのガントレットに、斬撃の大きさに応じた切り傷ができる。命中した部分の炎の勢いがわずかに弱まり、またすぐに勢いを取り戻した。

ヴェナ・ヴァールのほうは尾の表面で氷の花が咲いた。

水属性を乗せた斬撃は火属性のイーラ・スーラには効果が高いが、氷属性のヴェナ・ヴァールにはあまり効果がない。

斬撃自体は尾に傷をつけたが、付与された水属性の部分が、ヴェナ・ヴァールの纏う魔力に影響を受け、花のような氷を発生させた。

厄災形態のヴェナ・ヴァールは、自分以外が発生させた氷を取り込んで回復する能力がある。氷の花が砕けると、尾についた傷も消えていた。

「この程度は小手調べにしかならないか」

「神に名を連ねるものだ。この程度でどうにかできるものでもあるまい」

「強くなってると思うか?」

「感じられる圧は、以前とさほど違わぬように思う」

シンは見た目や感じる威圧感で相手の強さを正確に測る、なんて真似はできない。

シュバイドならと思って聞いてみると、特別強い力を感じるわけではないらしい。

攻撃に関しては、もとよりダメージなど期待していない。

シンは警戒しつつ、自分の知っているものと変わりないか、目に見える範囲だけでも探ろうと試みる。

イーラ・スーラはレベル833、ヴェナ・ヴァールは874と環境との相性でバフのような効果でも得ているのか後者の方がレベルが高い。

シンの知識では、どちらもレベル帯は８００～９００。環境要因を考えれば妥当な数値と言える。瘴気を纏っている様子もない。

今のところ、ユズハやティエラから地脈がおかしいという連絡もなかった。

視線を一瞬だけ神からそらす。

こちらに進もうとしていた08の前に、シュニーたちが立ち塞がっている。

ゲーム時代に08と面識のあるサポートキャラクターはベレットくらいなので、多少話を聞いていたにしろシュニーたちと08は初対面と言っていい。

08のほうはどう思っているのかわからないが、シュニーたちは同じハイヒューマンの配下といえども、必要以上に手加減する気はないらしい。

シュニー、フィルマ、セティ。傾向は違えども、誰からも強烈な闘気が噴き出している。

08も尋常な相手ではないと理解しているようで、飛び越えてシンに向かってくる様子はない。

「08はシュニーたちが抑えてくれたか。なら、こっちを早いとこ終わらせないとな」

あの様子では自分たちが神を倒す前に叩き伏せてしまいそうだと、シンは気合を入れ直した。

2体同時に相手をするのは初めてでも、周りには頼りになる仲間がいる。負ける気はしない。

左手の『焦熱刀』を前に出しながら半身に、右手の『止水』は担ぐように肩へ。

かつて師事したプレイヤーから教わった二刀の構え。

そこに、実戦で培《つちか》った経験を足したシンなりの二刀流だ。

シンの隣では、シュバイドが『大衝殻の大盾』を左腕のガントレットにはめ込み、両手で『凪月』を構えている。

2人とも、防御よりも攻撃に重点を置く構えだ。

「まずはイーラ・スーラをやる。5分。ヴェナ・ヴァールを抑えられるか？」

「無論だ」

レベルが低いほうを速攻で倒す。強力な相手が複数いる時の定石《じょうせき》のひとつだ。

環境もイーラ・スーラにはマイナス要因。出現したのがイーラ・スーラだけならば、山を噴火させ、灼熱のステージへとこの場を変えられただろう。

そのくらい、環境に影響を与える力を持っている。

しかし、今回はすぐ近くにすでに環境を味方につけた別の神、ヴェナ・ヴァールがいる。

2体の神としての格は、ほぼ同等。なので、すでに環境を支配しているヴェナ・ヴァールほど、イーラ・スーラは力を出せない。

狙うなら、より早く、より確実に潰せるほうだ。

「背中は任せる」

「応！」

シュバイドに背を向け、シンはイーラ・スーラに向けて地を蹴った。

後ろは見ない。無警戒に突っ込むことはしないが、シュバイドに任せると決めた以上、シンの意識はほとんどがイーラ・スーラに集中していた。

『止水』を肩に担いだまま、走る。

イーラ・スーラの視線はシンに向かいながらも、右手の『止水』に注意が向いているとわかった。

相手が武器に注意を向けているとわかるようになったのは、いつからだったか。

これはスキルの力ではない。シン自身の経験が、そう教えてくれるのだ。

イーラ・スーラに向かって駆けながら、シンは『止水』に流していた魔力を増やす。水面にできる波紋のように、刀身が大きく波打った。

イーラ・スーラもシンの接近を黙って見てはいない。

右の拳を大きく引き、空に向かって突き出す。本体から分かれるように飛び出すのは先ほどよりも一回り大きい炎の塊。色は青白く、感じる熱も明らかに高い。

シンの知識通りなら、【骸《ムクロ》焼ク神火《シンカ》】という名の決め技のひとつ。

火属性を無効にするアイテムの防御すら突破してダメージを与えるというプレイヤー泣かせの技だ。

無効化できないと言ってもダメージ自体は減少するので、対策をすること自体は決して無駄にはならないのが救いと言えば救いだろう。

突き出した拳を引きながら、反対の拳が突き出される。

飛び出した炎の色は先に出た炎と同じ。ゲーム時代は単発技だったそれを、イーラ・スーラは両手を使って連打してきた。

3発、4発と放たれる炎は、時間差こそあれその大きさと数でシンの進路を埋め尽くす。

「技の発動条件が変わった？　いや、発動キーはＨＰの量だ。やろうと思えばいつでも使えるか」

迫りくる炎を見つめながら、冷静に自身の知識との違いを分析する。

あの技なら使える、この技は使えない。発動条件と効果を脳内でリストアップしながら、シンは『焦熱刀』の切っ先を炎に向けた。

刀身から迫るそれと同じ青い炎が噴き出す。

シンは速度を緩めながら、ゆっくりとすら感じられる速度で刀を炎に触れさせた。

炎の熱がシンの全身を焼き尽くそうと襲い掛かってくる。

だが、耐熱装備のマントを身に着けていたため、体に届く前に骨すら焼き尽くす熱の魔の手は四散した。

シンは炎を切り裂くのではなく、そっと押し出すように『焦熱刀』を振るう。まともに受ければシンとて無事では済まない炎が、たったそれだけの動作でするりと軌道を変えた。

まるで目に見えない障害物でもあるようにシンの横を通り過ぎる。後方へと過ぎ去った炎は誰もいない大地を焼き、ドロドロに融解させた。

刀術炎術複合スキル【遊炎《ゆうえん》の舞】。

刀身に火属性の攻撃を弾く効果を付与するスキルで、魔術ならまさに今シンがやったように、攻撃そのものをそらすことができる。

武器や肉体を使った攻撃は火属性による追撃効果や属性ダメージを減少または無効化することができた。

「問題なし」

雪崩のごとき炎の連打が大地を焼き、空を焦がす。

大地が真っ赤に染まる中、それでもシンの姿はそこにあった。シンの立っている場所だけが元の地面のままだ。

刃に付いた水でも払うように『焦熱刀』を振るう。刀身を覆っていた炎は、そのひと振りで静かに消えた。

集中。

シュバイドに任せた5分で、イーラ・スーラを倒す。ゲーム時ならまず不可能なそれを、シンは本気で実行する気だった。

相手が神という今まで戦ったどの相手よりも油断のならない敵だからか、シュバイドに背中を預けているからだろうか。それともシュニーたちが奮起してくれているからか。

シンは自身が今までにないほど深く集中できているのを実感していた。

移動系武芸スキル【縮地】を発動。身を沈め、強く踏み出す。

(足だけじゃなく、全身に薄く強化がかかってるのか)

スキルを発動する際に使用した魔力が、体中を駆け巡るのを感じる。足首から先に多く集まっているだけでなく、関節にも多めに魔力が分散しているのがわかった。

全身にめぐる魔力も下半身のほうがやや多めだ。素早い移動に耐えられるように、様々な部位が相応の割合で強化されていた。

踏み出した一歩がシンの記憶しているものより強く体を押し出す。

転移と見紛うほどの高速移動は、たった3歩でイーラ・スーラの目前までシンを運んだ。

「っ……」

小さく、息を吐く。『止水』を握る手に込められていた余計な力が、その一呼吸で抜けてくれた。

肩に乗せていた刃をわずかに浮かせる。

『焦熱刀』は踏み込みながら右脇へ。体で隠すように刀身を背後へ回す。

一手目は『焦熱刀』から。

4歩目の踏み込みに合わせ、イーラ・スーラを斜めに両断するように『焦熱刀』を振るった。

刀術闇術複合スキル【煌々暗夜《こうこうあんや》】。

イーラ・スーラの巨体からすれば、『焦熱刀』の刀身はあまりに短い。しかし、繰り出された一撃はイーラ・スーラの左脇から右肩まで、黒い線となって駆け抜けた。

『焦熱刀』の刀身は黒く染まり、そこから同色の刃が伸びている。

斬撃はイーラ・スーラを両断したように見えたが、その体はほとんど炎そのもののため、それとわかるような傷はない。

たまたま引き寄せていた右拳のガントレットに、わずかなへこみがあるだけだ。

威力らしい威力のない漆黒の斬撃は、命中した相手の属性の偏りを増大させる。高いものはより高く、低いものはより低く。特定の属性に特化したものほど、その効果は顕著だ。

スキルの効果は状態異常の一種で、神のようなモンスターには効かなかったり、効果が弱かったりすることが多い。

しかし、シンは効くという確信があった。その証拠に、斬撃を受けた直後にイーラ・スーラの纏う炎の赤い部分が黄色く変化している。

周囲に放たれる温度は一段と高くなり、体も一回り大きくなっていた。

二手目は『止水』。

力を増し、目の前の敵を焼き尽くそうと燃え上がるイーラ・スーラに、シンは音もなく二刀目を振り下ろした。

刀術水術複合スキル【荒飛沫《あらしぶき》】。

振り下ろした『止水』の刀身から、半透明の斬撃が飛び出す。

それはイーラ・スーラに到達するまでに大きさを変え、【煌々暗夜】の黒い線とクロスするように左肩から右脇を切り裂いた。

こちらは状態異常ではなく威力を重視した、ダメージを与えるためのスキル。

切り裂かれた炎はすぐに元に戻るが、斬撃を受けた場所は炎の色がスキルと同じ半透明に染まっていく。

切り傷から染み出す血のように、イーラ・スーラの体を侵食したそれは、1秒ほどの間をおいて爆発した。飛び散ったのは血でも炎でもなく、水。イーラ・スーラの肉体の一部が水となり、はじけ飛んでいた。水になった部分は削り取られたように消滅し、飛び散った水までもが炎を消そうとダメージを与える。

【荒飛沫】は実体を持つ相手には属性付きの斬撃でしかないが、実体を持たない相手には体を強制的に変化させるという特殊な効果があるのだ。

「押し切る」

シンが思っていた以上に【荒飛沫】のダメージが大きい。【煌々暗夜】による属性値の偏りを大きくする効果は、モンスターの得意な属性を強化するという一面と弱点をより顕著にするという一面を併せ持つ。一歩間違えば強化されたモンスターに蹂躙されかねないリスクもあったが、それを叩き伏せられるだけの力があれば弱点を突くことでより早く倒すことも可能になる。

シンは『焦熱刀』を鞘に納め、『止水』に左手を添えた。

三手目以降は、削り合いだった。

一方的に攻撃を受け続けるほど、神は甘くない。

強化された属性を利用し、イーラ・スーラは全身の炎を燃え上がらせた。強烈な熱波に耐熱装備のマントがじりじりと焦げていく。

ただそこにいるだけで、周りにいる存在は灰燼《かいじん》と化す。今のイーラ・スーラはまさに神炎の化身と言えた。

あとはシンがイーラ・スーラのＨＰを削りきるのが先か、シンが焼き尽くされるのが先かの勝負だ。

地面が溶け始めていくのを視界の端で見ながら、シンは『止水』を振るう。

【荒飛沫】は一定時間効果が継続するスキルなので、一度発動すれば複数回攻撃できる。連続して放たれる斬撃が、イーラ・スーラの巨体を水に変え、抉るように削っていった。

（体がひきつる感じだ。スキルの限界か）

『止水』が纏っていた魔力が消える。込めた魔力が多かったからか通常より長く効果が続いたが、限界が来たようだ。

体を動かすタイプではなく、武器に特定の効果を付与するタイプでも、スキルを連続で放とうとすると強い負荷がある。

スキルが強力であればあるほど強く、再使用までの時間が長さと比例しているとシンは考えていた。硬直時間が同じなのはよくわからない。

かつてサポートキャラクターナンバー３のジラートは、負荷を力でねじ伏せてスキルを使っていた。

シンもやったことがある。負荷はあったが、強引に使ったとしてもダメージを受けるとかその後の動きに大きな支障が出るといったことはない。

スキルを使っている時だけ、体に重りでもつけられたような感覚だった。

その理由が今ならわかる。スキルが終わっても、武器とそれを持つシンの体には流した魔力がわずかに残っている。

それが消える前にスキルを発動させようとすると、同じかどうかに限らず次のスキル発動のために流した魔力が干渉するのだ。

（スキルの発動から持続、終了までの魔力の変化をより効率的に。干渉するような余力を残さず、使い切る）

重くなる体を強引に動かす。イーラ・スーラの反撃の拳に、【荒飛沫】を発動させた『止水』を叩き込む。

2発で拳が割れ、3発目でシンが通れるだけの幅ができた。

跳躍してその間を通り抜ける。炎に触れてはいない。

しかし、シンの身を熱から守っていたマントが燃え上がった。それくらい、高温になっていた。

（魔力の流れがわかる。無駄を省け、隅々まで支配しろ）

マントが燃えていることなど、今のシンには気にならなかった。

燃えているのはわかっている。燃え尽きるのにそう時間はかからないのもわかる。

装備の効果で、シン自身や装備に即座に火が燃え移ることはないとはいえ、いつまでもつかはわからない。

それがなくなった時、灼熱の炎がシンの身を焼くことも理解していた。

それでも、シンは代わりの装備を出すことも距離をとることも考えなかった。

イーラ・スーラの拳が瞬時に再生し、連続で繰り出される。

炎はより温度を増し、岩や水のように実体がないにもかかわらず、まるで隕石でも向かってきているような重量感と圧迫感をシンに与えた。

直撃はない。しかし、拳が近くを通るただそれだけで、マントの耐久値が急激に減っていく。最大値だった耐久値は、わずか数分の間に残り2割を切っていた。

激しく燃えるイーラ・スーラに触発されるように、シンの『止水』を振るう腕が、加速していく。すでに魔力の干渉による負荷はない。戦いの中で、ステータスとはまた違う能力が急成長していた。

（静かだ）

耳には今も変わらず、戦闘の音が入ってくる。にもかかわらず、シンは静寂の中にいるような奇妙な感覚を覚えていた。

イーラ・スーラと自身に向いていた意識が、次第に広がっていく。まるで自分を俯瞰しているように、周囲のことがわかった。

体が半分吹き飛んだヴェナ・ヴァールの尾の一撃を、シュバイドが『凪月』で打ち払っている。シュニーが08の拳を受け流し、フィルマが『紅月《こうげつ》』を叩きつけ、セティが魔術を叩き込んでいる。

ティエラは弓を構え、全体の戦況を見守っている。

カゲロウとユズハは、そんなティエラに寄り添いながら力を溜めている。

全員が全力で自分のなすべきことをなしていた。

そんな中、ふと、視線を感じた。

（敵意が、ない？）

触れれば焼ける。そんな熱量を持ちながら、シンに向けられるイーラ・スーラの視線からは、確かにあったはずの破壊の意思が感じられなくなっていた。

代わりに感じられたのは、戦意。

怒りはなく、憎しみもない。ただただ、互いの力を競おうという、好敵手に向けるような戦いの意思だ。

シンと戦っているうちに、本来の人格が顔をのぞかせたらしい。イーラ・スーラは厄災形態でなくとも、試練と称してプレイヤーと手合わせするのだ。

互いに削り合いをしているさなか、ガントレットの中で燃える炎が手招きするように動いた。まるでかかってこいと誘っているようなしぐさに、シンは小さく笑いを漏らす。

（いいぜ。終わらせよう）

意識が体に戻る。燃え盛るイーラ・スーラはいくら削っても瞬時に再生していたが、それも限界が近いのは【分析《アナライズ》】を使わなくてもわかった。

ゲーム時もそうだ。HPを見る以外、弱ってきているのかそうでないのか判断が難しかった。部位欠損はすぐに回復し、最後の最後まで暴れ続けるので動きを見る以外、それらしい変化に乏しいのだ。

自然現象が具現化したタイプの神には、明確な弱点部位がない。

狼や熊のような動物に似たタイプなら首や心臓が弱点だし、スライムのような不定形モンスターでもコアという弱点部位がある。

しかし、イーラ・スーラのような神は存在そのものを削りきる以外、倒す方法がない。

荒れ狂う力を出し切らせて、眠らせる。それが【THE NEW GATE】における「神を倒す」ということだった。

「いざ」

拳と斬撃の応酬が、ピタリと止む。勝負が決まる前の、一瞬の間。

その絶妙なタイミングで、マントが燃え尽きた。シンの全身が、炎に包まれる。体でも装備でもない。シンを包む大気が燃えていた。身に着けている装備の数々が、シンの体のむき出しの部分が焼かれるのをぎりぎりで防いでいる。

今まで何の抵抗もなく動けていたのは、シンが直々に手掛けたマントがあったから。守護者の炎にすら耐えた装備だからこそ、これだけの熱を今の今まで防ぎ続けられていたのだ。

「シンッ‼」

燃えているのが見えたのだろう。ティエラの悲鳴が響く。

それが、合図だった。

炎を纏ったまま、シンは踏み込む。これだけの熱量の中でさえ、『止水』の刀身は波のない湖畔のごとき静けさを保っていた。

迫る拳に刃を合わせる。拳の甲、ガントレットのある側を『止水』の刃が切り裂き、斬撃を受けた場所が水へと変わって弾ける。

シンは『止水』を突き刺したまま、【飛影】を発動して空を蹴った。

『止水』は拳を切り裂き、そのままイーラ・スーラの腕まで到達する。

さらに腕から肩へ、肩から背へ、回り込んで背から腹へ。

刃を突き刺したまま、シンはイーラ・スーラの周囲を駆け巡る。その様は、まるで渦巻く水流がイーラ・スーラを呑み込もうとしているように見えたことだろう。

本体に近づいたことでシンの全身を焼く炎も勢いを増すが、距離をとることはしない。これで決めるとシンは最後に一際強く空を蹴った。

地面に近い位置から刃を上に向け、その身が空へ駆けあがる。追うように弾けた水飛沫が消えると、イーラ・スーラは真っ二つに分かれて地に落ちた。

消える寸前の炎が一瞬だけ強く燃え上がるように、イーラ・スーラの全身も一際強く燃え上がる。

そして、次の瞬間にはあまりにもあっさりとイーラ・スーラは消滅した。


シンがイーラ・スーラと対峙している間、シュバイドもまた1柱の神と対峙していた。

レベルはイーラ・スーラよりも高く、環境も神に味方している。

威圧感はこの世界で戦ってきたモンスターの中でもトップクラス。レベルならもっと上のモンスターもいたが、やはり神は別格だと言わざるを得なかった。

透き通った羽が空を打つ。それだけでシュバイドを極寒の冷気が襲う。

08の攻撃とイーラ・スーラの熱波で溶けた大地が、冷気が通り抜けたところだけ完全に凍り付いていた。

しかし、シュバイドが凍り付くことはない。もともと吹雪の中でも進めるように準備していた。

寒さ対策は万全だ。

地面どころか空気中の水分すら凍らせる極寒の冷風も、シュバイドには効果はない。

ヴェナ・ヴァールが次の行動に移る前に、シュバイドはスキルを使ってシンに向かっていた視線を自分に向けさせる。

「いつまでシンを見ている」

神はプレイヤーを狙う傾向がある。それはシュバイドも知っていた。

だが、目の前で武器を構えた相手がいるのだ。それを前によそ見など、侮られているとしか思えない。

みしりと筋肉がきしむ。『凪月』を握る拳が、ぎりぎりと音を立てている。

心は冷静だ。味方を守る盾役は敵の攻撃を見極め、さばき、弾き返す。

ただ力任せに、盾を持って踏ん張るだけでは務まらない。苦しい戦況でも落ち着きを求められる。

しかし今、心とは裏腹に感情が、体が、熱く燃えていた。

神を前にしてシンが告げたその言葉は、シュバイドの心すら荒々しい炎で埋め尽くそうとしていた。

ともに戦うことはあっても、シンの隣で戦うのは大抵がシュニーかフィルマだ。かつてはジラートもそうだった。

シュバイドは、時には前衛が攻撃しやすいようにモンスターの注意をひきつけ、時にはモンスターの攻撃に割り込んで後衛を守る盾役。

パーティ戦の要《かなめ》である役割を受け持つのはシュバイドの誇りであったが、同時に、同じ前衛でありながらシンとともに戦うシュニーたちが羨ましくもあった。

ステータスの都合上、自分はシンたちの高速戦闘についていけない。機動力が違いすぎるのだ。

コンセプトの違いといえばそれまでだが、それでも僅かだけ、嫉妬があった。

だが、今は違う。

シンと肩を並べ、それぞれが1柱の神に挑む。この困難な状況は、シュバイドにとって憧れていた状況でもあった。

選ばれたのは必然。周囲に影響を出さないように神の攻撃を一手に引き受けられるのは、現状シュバイドだけだ。だがそれでも、背中を任されたことには変わりない。

ヴェナ・ヴァールの尾がうねり、先端がかすむ。

鞭のようにしなる尾は、姿を視認するのが難しいほど速く、それでいて重量はシュバイドの何倍もある。表面の鱗状の氷は鉄をはるかに凌ぐ硬度。

巨大な鉄塊が音速に近い速度で飛んでくるにも等しい、歴戦の猛者ですら死を覚悟する攻撃。それが、ヴェナ・ヴァールにとっては小手調べ。

対するシュバイドはすでに『凪月』を振り下ろす挙動に入っている。500年にもわたるモンスターとの戦いの経験は、シュバイドにヴェナ・ヴァールの攻撃タイミングを教えてくれた。

本気の攻撃ではない。ならばその侮りの代償をもらう。

食いしばった歯がギリギリと音を立てる。全身の筋肉が今か今かと吠えたてる。

『凪月』の刃が白く染まり、シュバイドの思いに応えるように強く輝いた。

一閃。

大気を焼きながら、『凪月』が尾と激突する。質量、速度、どちらも尾のほうが上だ。

しかし、シュバイドは後退しない。まるで大地と一体化したように、その場から動くことなく尾を正面から受け止めている。

盾術系武芸スキル【ガイア・アンカー】。

それは、自身をその場に固定するだけのスキル。受けるダメージが減るわけでも、反射ダメージを与えるわけでもない。

敵の攻撃を受け止められなければ自身が大ダメージを受ける使いどころの難しいスキル。それを、シュバイドは躊躇《ちゅうちょ》なく選択した。

相手が神といえども、打ち負けぬ。その思いが、シュバイドの体を支える。

ピシリと音がした。響き渡る戦闘音の中では誰の耳にも届かないようなかすかな音。それは鱗状の氷に『凪月』が食い込んでいく音だ。

「ぬぅああっ‼」

気迫のこもった声が、シュバイドの口から発せられる。ヴェナ・ヴァールが危険を察知して尾を引くより先に、シュバイドが『凪月』を振り切った。

激突した時は刃が食い込むだけだった鱗状の氷。それを斬ったからといって生物のように中が柔らかいわけではない。

ただ、防御用だろう鱗状のものよりは柔らかかった。刃を染めていた白い光が三日月状の斬撃となり、尾の奥へ奥へと進んでいく。

ヴェナ・ヴァールが尾を引いた時には、すでに7割ほどが切り裂かれていた。

「爆ぜいっ‼」

シュバイドの一喝で半ばまで切り裂かれていた尾、その切り口が爆ぜた。

炎術光術複合スキル【ゾル・アヴァラーダ】。

斧の刃を染めていたのは、高熱を内包した白光。

斬撃の正体は超高温の光の刃だ。本来は切りつけた場所を時間差で爆破するスキルであり、斬撃状にして飛ばすという効果はない。

なぜできたのか。それはシンたちの日ごろの魔力操作の鍛錬を見、ともに鍛錬したゆえ。

強敵との戦いというあらゆる感覚を総動員しなければならない状況が、経験と鍛錬を一段階上へと昇華する。それが、『スキル効果の拡張』とでもいうべき成果として現れていた。

つながっている部分のほうが短くなっていた尾は爆発によって千切れ、本体でないほうはひびが全体に広がって砕け散る。先端に近い部分だったが、それでも3メル分は消滅しただろう。

（感覚はつかんだ）

日ごろの鍛錬で感じていた何かが足りないもどかしい感覚が消え、歯車がかみ合う。シュバイドはそれを実感していた。

即座にすべてのスキルに応用できるほど簡単ではないが、それでもまた一歩、先に進んだと確信できる。

『凪月』を構え、前に進む。下手に距離をとると、範囲攻撃をされる可能性が高い。あえて懐に飛び込み、ヘイトをコントロールする。

『凪月』が再び白い輝きを宿す。ヴェナ・ヴァールの氷でできた美しい顔が、シュバイドへと向けられた。尾を斬り飛ばされただけあって、シュバイドを倒すべき敵と認識したようだ。

近づくまでの僅かな時間で、ヴェナ・ヴァールの尾は再生している。こちらもイーラ・スーラと同様に、削りきらなければ倒せない。

ヴェナ・ヴァールの口が開く。口内は歯も舌もなく、氷の刺が上下から生えていた。喉のような体内につながる空洞はない。口もまた、攻撃のための器官なのだ。

ヴェナ・ヴァールの口から白い吐息《といき》が放たれる。

先ほど放たれた冷気よりもさらに低温、耐寒装備をしていても凍り付きかねないそれは、【死凍《シトウ》ノ吐息】の名を冠するヴェナ・ヴァールの必殺技のひとつ。敵が一体だけだろうと、出し惜しみをする気はないらしい。

ヴェナ・ヴァールの正面にほぼ直線状に広がるそれは、シュバイドがかわせばその背後へと効果を及ぼす。

シンとシュニーたちは範囲外。しかし、ティエラたちは範囲内。ユズハとカゲロウがいる、距離もある。すぐに気づけばかわせない技ではない。

しかし、だからそっちでよけてくれ、では任せられた意味がない。隣で戦うシンは、飛んでくる炎をティエラたちに当たらないようにさばいている。

(守りの要たる我が、同じことができずになんとする!)

加速する思考に、肉体はきっちりと反応を返す。全力に身体強化をかけ、シュバイドは跳んだ。

ヴェナ・ヴァールは吐息を吐き出したばかりで胸の位置にも達していない。そこへ攻撃遮断障壁を自身の周囲に展開した状態で突っ込むことを決める。

左で握った『大衝殻の大盾』をナックルガードのように構え、突き進む。

吐息は風の影響を受けないという特性があるが、それ自体に重さがあるわけでも物理的な衝撃などがあるわけでもない。

わずかに吐き出された吐息を障壁が押し分ける。吐息に触れた障壁が瞬時に凍り付き、ひびが入っていく。

シュバイドがヴェナ・ヴァールの眼前に飛び出したのと、凍り付いた障壁が砕けるのはほぼ同時だった。

障壁で散ったとはいえ吐息そのものが消えたわけではない。大気中に残っていたものと、今なお吐き出されるものが、シュバイドを死の眠りに誘おうと寄ってくる。

シュバイドは怯まなかった。飛び出した勢いそのままに、開いた口に向けて『大衝殻の大盾』を叩きつける。

けたたましい激突音とともにヴェナ・ヴァールの顔がのけぞった。シュバイド自身の重さ、装備の重量、それらが全力強化による跳躍によって巨大な砲弾と化していた。

あまりの衝撃に美しかった顔は無残につぶれ、ひびが入り、【死凍ノ吐息】もキャンセルされている。

まさか必殺技のど真ん中を突っ切ってくるとは思わなかったのだろう。ヴェナ・ヴァールの反応は鈍い。

一歩間違えば接触前に全身が凍り付き、激突の衝撃で粉々に砕け散ってもおかしくない行為。だが、その危険を冒しただけのチャンスをシュバイドがつかんでいた。

ヴェナ・ヴァールの背中の羽が、しなる尾が、シュバイドを叩き落そうと動く。しかし、シュバイドの行動はそのどれよりも速い。

【死凍ノ吐息】を突破するのに使ったのは左腕と『大衝殻の大盾』。ならば右腕はどうなっているのか。

「おおおおおっ‼」

気合一閃。

シンのような無制限跳躍は無理でも、シュバイドとて【飛影】は使える。

ヴェナ・ヴァールを殴り飛ばした勢いを空中に出現させた足場で受け止め、のけぞる顔へ再跳躍。

【ゾル・アヴァラーダ】の光を宿した『凪月』を、ヴェナ・ヴァールの顔面に叩きつけた。

潰れていた鼻先へ、白く光る刃がめり込んでいく。尾を受け止めた時のように表面で止まることなく、内部まで深く入り込む。その断面を白い光が押し広げた。

斬撃となった光は、ヴェナ・ヴァールの頭部を切り裂き、喉を越え、胸部に届く。その切れ目すべてに、白い光が浸透していた。

爆発までのわずかな間にシュバイドはヴェナ・ヴァールの顔面を蹴り、再び空へ跳ぶ。叩きつけた『凪月』を引き戻し、柄の中ほどを握った。

右腕の筋肉がうなる。呼応するように『凪月』が青く染まった。

「ふんっ‼」

全力投擲。

青いエフェクトを纏った『凪月』が、流星のごとく宙を駆ける。

大気を焦がすような疾走。到達までの時間は1秒にも満たない。

切れ込みの中へと飛び込んだ『凪月』は、斬撃によって広がった空間を疾駆してヴェナ・ヴァールの内部へ侵入。

【ゾル・アヴァラーダ】の爆発と同時に、自らに込められた力を解放した。

槍術炎術複合スキル【ブリンキア】。

武器が停止した場所を起点に、一定範囲を爆発させる効果をもたらす投擲用のスキル。それが、【ゾル・アヴァラーダ】の爆発と重なればどうなるか。

最初に響いたのは爆音。ついで衝撃がシュバイドの体を通り抜ける。自らの手に戻ってきた『凪月』を握りながら、シュバイドは着地した。

爆炎はすぐに晴れる。ヴェナ・ヴァールの肉体は氷。スキルの爆発以外に燃える要素はない。

爆発によって上半身は大半が吹き飛び、腹部の一部しか残っていない。爆発の衝撃によるものか、羽にもひびが入っていた。

普通のモンスターならこれで終わりだ。しかし、シュバイドがとっさに掲げた『大衝殻の大盾』に、無事だった下半身の尾が打ち付けられる。

「むぅ！」

障壁を砕いて迫る尾を、斜めに打ち上げてそらした。

視線を尾から上半身に移すころには、すでに首まで再生している。

シュバイドは武器を構えなおす。一度吹き飛ばした程度で倒せないことは承知済み。倒れるまで何度でも、全力で戦うのみだ。

『凪月』を構えたまま前に出る。【死凍ノ吐息】をはじめとしたヴェナ・ヴァールの必殺技は、広範囲に効果を及ぼすものが多い。距離を詰めることはシュバイドに有利だ。

そらされた尾が再びシュバイドを狙ってくる。

向かってくるのはより威力と速度のある先端部分。氷の鱗が逆立ち、刺付きのハンマーのようになっている。

さらに、尾と同時に頭上に氷の粒が形成された。拳大の氷の杭をばらまく技【冷鋲の礫】だ。ほぼ全方位から氷杭を飛ばして動きを止め、尾で薙《な》ぎ払う気だろう。

シュバイドは障壁を自身の周囲に展開しながらも、進む足は止めない。

その場にとどまれば足元以外すべてを氷杭に狙われる。

しかし、ヴェナ・ヴァールに近づけば近づくほど、その巨体が多少は射線を減らしてくれる。あとは残った部分に障壁を展開しつつ、攻撃をするだけだ。

先に飛んできたのは予想通り氷杭。

並の障壁なら止めるどころか紙かなにかのように穴が開くだろう威力も、今回はその役割を十全には発揮できなかった。範囲を狭め、より強固に展開された障壁は豪雨のような氷杭の連打にもしっかり耐えている。

氷杭の防御は障壁に任せ、シュバイドは『凪月』を担ぐように構えた。刃の周囲の景色がグニャリと歪む。闇の魔力が圧縮され、光を歪めているのだ。

三種混成複合スキル【ヘビィ・グロウ】。

迫る尾に勢いよく『凪月』を叩きつける。

尾と『凪月』が激突するが聞こえてくるのは硬質な衝突音ではなく、ドンッという破裂音にも似た音。次いで氷の砕ける音が響いた。

鱗の部分が逆立った氷は、生き物なら筋肉や骨があるだろう場所までまとめて砕けている。

これだけの破壊をもたらしても、『凪月』の刃は一欠けもしていない。

それは当然で、そもそも『凪月』と尾は直接触れていない。

【ヘビィ・グロウ】は武器の周りに闇属性の混じった風を圧縮して纏わせ、叩きつける技。武器が対象と触れる前にスキルが吹き飛ばすので、直接触れられない相手にも効果的な技だ。

メイスやハンマーなどで使う鎚術系スキルでもあるが、ある程度の大きさと重さがあれば大抵の近接武器なら使用できる。

一番の特徴は持ち主の膂力が強ければ強いほど威力が上がる点だ。物理攻撃と防御に比重が置かれたシュバイドとは非常に相性がいい。

尾の先端が砕け散る。そのまま下半身を打ち付けようとするが、直感がその場からの回避を選択させた。

遅れて降ってきたのは白い靄のような冷気。正体は【死凍ノ吐息】だ。

尾に注意が向き、氷杭で視界が遮られた状態で死角からの必殺技。その巨体ゆえ、【死凍ノ吐息】の起点である口はシュバイドのはるか頭上。

接近すればするほど視界にいれるのは困難になる。意図したものかは別として、単独で戦うシュバイド相手には有効な攻撃方法だ。

「……む」

次の手を繰り出そうとしたシュバイドの視線の先で、【死凍ノ吐息】に水球が降り注ぐ。

水術系魔術スキル【ウォーター・スプラッシュ】だ。

シュバイドに降り注いでいた氷杭とぶつかることで水球は空中で弾け、シャワーのようになって吐息に触れる。

水球は即座に凍り付き氷の幕のように吐息に覆いかぶさっていく。実体のない吐息に液体をかけて表面をコーティングすることで、これ以上広がらないように防ぐ。

ゲーム時代に一時しのぎとして編み出された技だ。すぐに砕けてしまうので、2、3アクションを起こす程度の時間しか稼げない。しかし、今はそれで十分。

「シンが来るまでに倒しきれなかったか」

「先に倒されてたら自信なくすぞ」

隣に立つシンにシュバイドが言う。イーラ・スーラの気配はすでにない。

ヴェナ・ヴァールとイーラ・スーラでは、後者のほうが現環境との相性は悪く、レベルも低い。おまけにシュバイドよりもシンのほうがステータスが高い。

競争していたわけではないが、これで先に倒せなかったら不甲斐ないどころではないとシンは回収した『焦熱刀』を構えながら苦笑した。

「さて、こっちも早く終わらせて、シュニーたちの援護に行こう。完全に壊すわけにはいかないから、一番手こずってるからな」

厄災形態の神相手に、手加減などできない。全力で倒さなければならない相手だ。

ただ、今のシンたちにとって、手加減しなくていい相手と場所がそろっているのはむしろ好都合。

手加減をしなければならないシュニーたちのほうが、時間がかかる上に危険も多い。

「至伝で決める」

「承知」

その一言で、空気が引き締まる。【ウォーター・スプラッシュ】で固めた吐息も、ヴェナ・ヴァールが尾で砕いたため想定より早く広がりつつあった。

シュバイドがやったように強制的に止めなければ、触れただけで凍り付く吐息によって山全体が死の世界に変わるだろう。

神というのは基本的に長期戦になればなるほどプレイヤーが不利になる。息もつかせぬ連続攻撃による短期決戦こそ、神相手の最適解なのだ。

障壁の内側で、シンは『焦熱刀』を逆手に握り全力で投擲した。降り注いでいる氷杭をものともせず、『焦熱刀』は赤黒い尾を引いて飛ぶ。

投擲に気づいたヴェナ・ヴァールが氷壁を瞬時に展開する。

しかし、『焦熱刀』は氷の塊をまるでないもののように貫通した。

瞬きの間に距離を詰め、ヴェナ・ヴァールの胸の中心に突き立つ。

そのまま突き抜けてしまいそうな勢いがあったが、まるでそこで止まることが決まっていたように、体の中心まで深く刺さり止まっている。

さらにそこから、真紅に光るラインがヴェナ・ヴァールの体に不規則に広がり始めた。

刀術炎術複合スキル【炎縛】。

広がるラインは炎の根。ヴェナ・ヴァールの生命力を吸収して動きを鈍らせる、炎でできた拘束具だ。

【炎縛】そのものでヴェナ・ヴァールは倒せはしない。一時的に動きを鈍らせ、攻撃の手を緩めるのが目的だ。

氷杭の雨が数を減らし、その隙間を縫って、シンはシュバイドとともにヴェナ・ヴァールの懐に飛び込む。

合図はない。攻撃すると決めた瞬間から、互いにどうすればいいのか言葉にすることなく理解できた。神と戦っている際に起きた奇妙な集中。それが再び、お互いがどう動くのかを教えてくれる。

以心伝心。

シンからはスキル使用時の魔力制御が、シュバイドからはスキル効果の拡張が言葉を介することなく伝わった。

シンが跳ぶ。それに反応した尾が動く前に、シュバイドが下半身に『凪月』を叩き込む。

シンたちを追尾するように氷杭が狙いを変えれば、部分展開された障壁がそれを阻んだ。

ヴェナ・ヴァールの目の前でシンは拳を強く握る。邪魔なものはすべてシュバイドが防いでくれている。焦りも、気負いもなかった。

無手系武芸スキル【至伝・絶佳】。

拳に纏わせた魔力であらゆるものを粉砕する、ジラートの得意としたスキル。

至伝の名を冠するスキルは数あれども、これほど目に焼き付いているものは他にない。

短い呼気とともに、右拳を繰り出す。

手を守るのは『冥王の小手』のみで、攻撃用の武器を装備しているわけではない。

ただの拳の一撃。しかし、込められた力は今日この場で使われたどの技よりも多い。拳がヴェナ・ヴァールの頭部に触れる。抵抗は一切なく、細かい破片となって吹き飛んだ。

空を一蹴り。

一瞬だけ発動させた【飛影】で、シンは頭部がなくなったことで開いた距離を詰める。

振り抜いた右拳を引きながら、左拳を突き出す。【絶佳】は単発のスキル。

右拳で放ったなら左拳にはもうスキルは宿っていない。反動もある。

しかし、突き出された拳は、ヴェナ・ヴァールの首から腰までを粉砕した。

深く刺さったままだった『焦熱刀』が空中に放り出される。シンはそれには構わず、さらに右拳を上に突き出した。

拳の先には再生しつつある頭部。【死凍ノ吐息】を使う気なのか口から再生していたが、シンの拳はそれらすべてを吹き飛ばした。

至伝の連続使用。これもかつてジラートが戦いのさなかに見せたもの。

シュバイドが攻撃を防ぎ、シンが本体を砕く。動いているのは2人だけ。にもかかわらず、シンとシュバイドはまるで3人で戦っているように感じていた。

†

『向こうは決着がつきそうですね』

『いくらシンたちでも、もうちょっと時間がかかると思ってたんだけど――ねっ‼』

シュニーのつぶやきに応えながら、フィルマが飛んできた岩を『紅月』で切り払う。

他にもいくつか08が投げた岩がシンたちに向けて飛んでいくが、それらはセティとティエラが撃ち落としていた。

『かつての猛攻ほどではない気がします。やはり無理があったのかもしれませんね』

『何のペナルティもなかったら困るわよ』

3人がかりなのもあって、心話でやり取りをするくらいの余裕はあった。

『容赦なく壊していいならいくらでもやりようはあるんだけど、そういうわけにはいかないってやっぱり難しいわね』

『ですが、あまり時間をかけてもいられません。こちらは3人がかりなのですから』

心話をつなげたまま、シュニーは暴れる08に視線を向ける。

08は戦闘開始直後からシンに向けて進もうとするばかりで、シュニーたちに本気で向き合ってはいない。

シュニーたちも制圧するという目的のために必要以上に強力な技を使えず、08に防がれてしまっていた。

その結果、膠着状態に近い状況になっている。

『シンも手足の一本くらいは必要経費と言っていましたし、そろそろ本気でやりましょうか』

『……シュー姉、ちょっと機嫌悪い？』

『背中を任されたのがシュバイドだし、なんか2人して楽しそうにやってるし。ちょっと思うところがあるんでしょ』

2人の気配も少し変わったみたいだ、とフィルマは続けた。

シュニーもそれには気づいている。神の影響を受けたのではなく、シンたち自身がより洗練されていく感覚には覚えがあった。

稽古をつけた兵士や冒険者が、自身の壁を乗り越えて大きく成長した時の気配の変わり方。それによく似ている。

フィルマの言う通り、2人は強敵を前にしているのにどこか楽しげな雰囲気で、シュニーはそこに自分がいないのが少しだけ悔しくて寂しかった。

『でも、本気でやるっていうのには賛成よ。制限ありとはいえ、やれるって言った以上は結果を出さないと』

『そうね。じゃあ、あたしも少し威力を上げるわ』

フィルマの『紅月』とセティの『宵月《よいづき》』。古代級《エンシェント》の中でもトップクラスの武器が、魔力の光を帯びて赤と白に輝き出した。シュニーの持つ『蒼月《そうげつ》』も同じだ。

シュニーとフィルマが地面を蹴り、セティが詠唱を始める。

シュニーの一歩は音がなく、滑るように地を駆けていく。それに対してフィルマは地面を砕く音を残して空をいく。

雰囲気が変わったのを察したのか、08もシンに向けていた戦意をシュニーたちに向けてくる。魔力を纏った拳を打ち鳴らし、正面から迎え撃たんと構えをとった。

「さっきまでとは、一味違うわよ！」

やや右下から左上へ。フィルマは薙ぐように『紅月』を振るった。込めた魔力がスキルの発動でより強く輝く。

剣術系武芸スキル【フルスラッシュ】。

フィルマを殴り落とさんと、拳が繰り出される。

拳と刃、それぞれに纏わせた魔力が先にぶつかり、衝撃波にも似た振動が空気を震わせた。その反動を押しのけて、ガントレットと刃が火花を散らす。

地に足を付け、自身の重さもある08の拳。

対するフィルマは08と比べると鎧を含めても自重ははるかに軽く、その背を押すのは魔力噴射による推進力のみ。そこだけを見れば、フィルマが打ち勝てる要素はない。

ガントレットの上を刃が滑る。擦過音が止《や》み、フィルマは08の眼前を斜めに横切った。追撃はない。右の拳を使えば後から来るシュニーに対応できないとわかっているのだ。

「さすがに硬いわね」

着地したフィルマは、その場で『紅月』を軽く振るう。刃に欠けはない。耐久値の減少はあれども、武器としてはまだ十全。

対して、08のガントレットにははっきりと切れ込みが入っている。武器としてはまだ使える。しかし、同じ場所を斬られればどうなるかわからない。そういう傷だった。

「馬鹿な」

断ち切られたわけではない。

だが、たった一撃で受けた傷の中ではかなりのものだったのだろう。08の重さと硬さを、フィルマの速さと技が上回った証拠だ。

08の動揺を表すように、纏っていた魔力がほつれた。そこにシュニーは容赦なく斬りかかる。

「あなたは確かに、レード様やシンが手掛けた最高傑作と呼ぶに相応しい人形です」

白い残光を残し、『蒼月』が空中に弧を描く。

刀術系武芸スキル【白光】。

瞬きの間に三つ。閃光が拳の上を走る。刃はガントレットに深く食い込み、内部機構にまで届いた。

「しかし、それはもう過去のこと」

【フルスラッシュ】と【白光】。どちらも武器の切れ味を上げるスキルだ。ただ、それでも08のガントレットを斬るのは容易ではない。

もともと性能面では、決定的と言えるほどの大きな差はなかった。

評価としては、武器自体の攻撃力は『蒼月』と『紅月』が上、頑丈さは08のガントレットが上といったところ。総合的にはほとんど同格と言っていい。

それでもシンたちが08のガントレットが上と評価していたのは、その大きさゆえの耐久値の多さと自己修復速度の速さが圧倒的に上回っていたから。

同じ装備枠とはいえ、プレイヤーの持つ武器と人形を比べるのはどうかとも言われたが、装備である以上同列として評価されていた。

しかし、シンによって強化されたふたつは耐久力も修復速度も上回っている。

込められる魔力もだ。そこに、ステータスの上昇と今までの戦いの経験。それらを上乗せしたことで、性能差以上の結果を出していた。

「あなたは、私たちが止めます」

08の攻撃範囲内に立ち、シュニーは告げる。お前がシンのもとにたどり着くことはないのだと。

言葉で、態度で叩き付ける。

08が反応する。シュニーに意識が向く。その隙を、セティは見逃さない。空中に待機させていた土色の槍が放たれ、08の関節部に突き立つ。

水術土術複合スキル【マッド・キャプチャー】。

シュニーたちと同等とまではいかずとも、飛翔速度は十分速い。

しかし、関節部に突き立った土色の槍には装甲を破るほどの威力はない。一般人ならダメージを受けるが選定者なら大した効果はない。威力はその程度だ。

しかし、【マッド・キャプチャー】はそもそも攻撃用のスキルではない。装甲に当たった瞬間、土槍はグニャリとひしゃげる。

その名が示す通り、泥のように関節を中心に周囲に広がった。

そして、次の瞬間にはガチガチに固まってしまう。瀕死のダメージを与えて動けなくするのではなく、物理的に動けなくする。それが【マッド・キャプチャー】だった。

「なんの、つもりだ」

固まった泥と装甲がこすれ、ぎちぎちと音が鳴る。

セティの魔力で作られた泥は、固まれば下手な金属よりもはるかに硬い。08といえども、簡単に逃れることはできなかった。

「先ほどから言っているでしょう。私たちはあなたを倒しに来たのではありません。止めに来たのです。このままでは、いずれあなたは壊れてしまう。それは、レード様も望まないでしょうから」

生き物のように、栄養を摂取して怪我を治すのとはわけが違う。

いくら修復能力があろうと、いずれ限界が来る。

いずことも知れぬ場所で自身の最高傑作が朽ち果てるなど望まないだろう。

シュニーはそう告げた。

「かまわん」

固まった泥にひびが入る。同時に08の関節や装甲のつなぎ目からも異音がした。

08は言うなれば機械人形のようなもの。

自身へのダメージを無視すれば、一時的に己の耐久値を超えた出力を出すことも可能だ。

「主の感情を少しでも揺さぶれるのなら、朽ち果てることすら肯定しよう」

倉庫の中で埃をかぶったまま眠り続けるくらいなら、そのほうがましだ。

08の言葉には、それが本気だと感じさせるだけの圧があった。

成果を挙げればとも言っていたが、必ずしもそうである必要はないらしい。

「だが、それでも」

揺らいでいた魔力がもとの輝きを、否、それ以上の輝きを放ちだす。

言葉を交わす僅かな時間。その間に準備をしていたのだ。

「お前たちには、負けられん」

ガントレットの傷が見る見るうちに消えていく。

魔力を一カ所に集中して修復速度を上げていることはシュニーにはすぐにわかった。

だが、シンと鍛冶をやっていた経験が、それは諸刃の剣だと教えてくれる。確かに傷は治った。しかし、長い目で見れば、武器としての寿命を削っている。

今使えればいい。この戦いの間だけもてばいい。そういうやり方だ。

「なんて無茶を」

「負けられんからだ」

関節を覆っていた泥が砕け始める。まだぎこちない動きしかできない状態でも、08は修復された拳を躊躇なく振るった。

風を切る音にすら熱がこもっているようだ。08の意思が、魔力に影響を与えている。

「お前たちには、お前たちだけには」

【マッド・キャプチャー】による拘束が砕けていく。

セティが追加で撃ち込んでいくが、それらはガントレットによって四散した。

ガントレットを覆う魔力は本体から直接供給され続けているが、【マッド・キャプチャー】は放ったらそれきりだ。

土槍に込められた魔力を、ガントレットの魔力が打ち消している。

距離を詰めようと08が踏み出す。その足を、鎖がからめとった。

光術系魔術スキル【アーク・バインド】。

光術の中では最大級の拘束技。

そこに【マッド・キャプチャー】を連打し、動きを封じる作戦だ。

【アーク・バインド】を維持しながら【マッド・キャプチャー】を連射するのは負担が大きいが、セティならしばらくもつ。

「ぐ、ぉぉおおおお‼」

前から、後ろから、上から。足を止められた08に四方から飛んでくる【マッド・キャプチャー】のすべてを打ち落とすことはできなかった。

仮にセティに向かっても、今度はシュニーとフィルマが立ち塞がる。

砕けた泥も再度撃ち込まれた土槍によって固められていく。それでも、08は抵抗をやめない。

もはや以前のスピードもない。

それでも、目の前にいるシュニーに向けて進み続ける姿は、愚直とさえ言えた。

「止まりませんか」

「止まれるものか」

【アーク・バインド】なしでも、もう満足には動けない。そんな状態になっても、08は抵抗をやめようとはしなかった。

「主と言葉を交わし、供をし、武具を授かり、役目を与えられる」

装甲のきしむ音がする。度重なる戦いと無茶な修復、さらに拘束を力技で振りほどこうとした負荷。それらが08の全身を苛んでいた。

「なんと、ああ、なんと幸福なことか。お前たちを見て、自らもそうありたいと思わぬ配下はいないだろう。私はお前たちが、羨ましい。妬ましい。なぜあそこにいるのが私の主ではない。なぜ戻ってきたのがあの方だけなのだ」

08が手を伸ばす。

攻撃の意図はない。ただ、届かないものに少しでも近づきたい。そんな動き。

その先には、崩れ落ちるヴェナ・ヴァールと『凪月』を構えて気炎を吐くシュバイド。

そして、圧倒的な魔力を帯びて大地に降り立つ、シンの姿があった。

「お前たちにはわかるまい。いつか再び会えると信じながら、待つしかできない無力さを。それを言葉にして己に信じ込ませようとする虚しさを」

言葉の端々に、諦めが滲む。伸ばしていた手が力なく地に落ちた。

その手に、シュニーはそっと自らの手を添える。

「わかりますよ。そのくらい」

08の頭部。目の部分に一瞬、強い光が灯る。

主がそばにいるお前に何がわかる。言葉こそなかったが、シュニーの発言に一欠片も納得していないことが伝わってくる。

「私もそうでしたから」

シュニーの体をつかもうと動き出していた手が、止まる。

「きっと戻ってくる。それがどんなにはかない希望でも、あり得ないと頭ではわかっていても、すがってしまうんです。諦められないんです」

シュニーの表情から伝わるのは、同情ではなかった。励ましでもなかった。

「夢に見てしまうくらい会いたくて、でも目覚めたらそこには誰もいなくて。時間だけが過ぎて。でも思いは風化してくれなくて」

あまりに強い感情は、時間による忘却を許さない。どれだけ経っても、決して消えることはない。

「私も似たようなことをしていました。主が帰ってきたら、すぐに私に気づくように。私はまだここにいるんだと知ってもらえるように」

シュニー・ライザーという名を広める。それはシュニー自身が自分を保つための行為でもあった。

「あなたは、シンと再会できなかった私。あなたと私は違うけれど、それでも言います。私は、あなたの気持ちがわかる」

†

08はシュニーの言葉を否定しなかった。

反論はいくつも浮かんでくる。主に必要とされている者の言葉など、と怒りもした。

しかし、それらを明確な言葉として発することができない。

「お前も、待ち続けたのか」

「はい。シンを見送ったあの日から、ずっと」

08はオウルたちとの会話の中で、500年以上前に起こった『栄華の落日』という出来事について も聞いている。

言葉に込められた思いが、08にそれらを否定させてくれなかった。

ハイヒューマンのような有名な人物だけでなく、ギルドを治めるメンバーがことごとくいなくなってしまった出来事。

戻ってきたのは本当に極一部だという。だが、その情報は08にとって希望だった。

極一部とはいえ、戻ってきた者がいるのだ。ならばレードだってきっと戻ってくる。

戦いの中で消耗した心は、その考えに縋った。戻ってこないとは考えたくなかった。

シュニーの言葉を否定できなかったのは、その言葉が説得のための嘘ではないとわかったから。

自分と同じ苦しみに、自分が眠っていた時間よりもはるかに長い間耐え続けていたのだと理屈もなく理解した。

「いい、なぁ」

その努力が、思いが、報われている。

シンとの会話はしっかり聞こえていた。ほんの少しの会話でさえ、08にとっては羨ましくて仕方がなかった。

どうすれば戻ってきてくれるのか。

どうすれば自分を使ってくれるのか。

戦いの中、そんなことばかり考えているうちに、自分でも何を考え、言っているのかわからなくなりつつあった。

本当に自分の望んでいることなのか。それすらも、わからなくなりそうだった。

「ああ……」

神を倒した男が、ドラグニルの配下を連れて近づいてくる。

身に纏う魔力の強大さ、周囲に放たれる威圧感。本来なら恐怖を感じるはずのそれを前に、08はただ、懐かしさを感じていた。

シン。

それは主とともに自分を作ったプレイヤーの名。レードという至上の存在を除けば、08にとって最も親しみを覚える相手。

シンがシュニーの名を呼ぶ。その光景を見て、08は自分が本当は、何を望んでいたのか。自覚した。

「……そうか」

自覚したから何かが変わるというわけでもない。ただ、自分はそんな些細なことのために、壊れることも覚悟したのだと思った。

視界が明滅する。整備のまったくない状態で、神獣との度重なる戦闘。さらにシュニーたちを相手に、限界を超えるような装備の使い方までした。がたが来るのは当然だった。

魔力を生み出すコアが止まりかけている。人と違ってそれが死につながることはないが、次にいつ目覚めるのかは不明だ。

ここまでのことをしでかした。その原因をわざわざ修理することはないだろう。これで正真正銘のガラクタだ。

だから最後にひとつだけ。もし奇跡が起こるなら、これだけを願う。

我が創造主よ。次に目覚めた時は、どうか。

「私の名前を……呼んで、くれ……」

視界が黒く染まる。その言葉を最後に、08は全機能を停止した。

†

「俺たちが来る前に終わったか」

機能停止した08の前で佇むシュニーたち。その様子を見て、シンはどうにか制圧できたかと安堵する。

08の様子は明らかに正気ではなく、何をしてくるかわからなかった。

なるべく早く駆け付けるつもりだったが、フィールドが氷結地帯だっただけあって、ヴェナ・ヴァールはなかなか倒れてくれなかったのだ。

「何かあったのか？」

シンは近くにいたセティに声をかける。

戦いが終わった直後にしては、雰囲気が少し変だった。

08の手に触れたままのシュニーだけでなく、フィルマやセティも少し悲しげな様子なのがシンには気になった。

「なんでもありません。それよりも、この子の状態を見てあげてくれませんか？　かなり無理をしていたので」

聞こえていたようで、セティが応えるより先に近くまで来たシュニーが応える。

「……わかった。少し時間をくれ」

あとで話をしたほうがいいなと思いながら、シンはシュニーにうなずいて08に近づいた。

一目見て、完全に機能を停止しているのがわかる。

傷こそ負っているが動けなくなるようなものではないことから、シンは人でいう心臓に相当するコアに異常をきたしているのだろうと予想した。

08も人形であり装備扱いではあるが、自立行動をする以上、情報を専門に扱う機関が必要だ。外部から得た情報の解析と応用、魔力運用の効率化、戦闘行動の最適化などをまとめて処理する機関、それがコアだ。ここを破壊されると、人形は動かなくなる。

セティに【マッド・キャプチャー】を解除してもらい、シンはまず外装を調べ始めた。コアはデリケートな部位なので、本格的な調査はミラルトレアに収容してからだ。

「だいぶ無理をしたみたいだな」

ガントレットを調べてみるとシンが予想していたよりも耐久値が低くなっていた。他の部分より明らかにもろくなっている部分もある。

「自動で行われる回復を、強引に速めたせいだと思います」

シンの疑問に、作業を手伝っていたシュニーが答えてくれた。当時の08の様子を聞き、シンは外装の消耗具合に納得する。

「なるほど、どうりで強度も落ちてるはずだ」

修復速度を速めるというのはゲーム時代にはできなかった行為だ。

短期決戦なら有効ではあるだろうが、本来の機能とは違うやり方をすれば相応の負荷がかかるのは想像に難くない。

いくら最高品質のキメラダイトだろうと、負荷が強すぎれば壊れるし、劣化もする。手掛けたのが鍛冶スキルを最大まで高めたシンでも、それは変わらない

「全体的に耐久値が下がってるのは仕方ないとしても、あちこちにガタが来てそうだな」

人形の整備は武器のように少し分解してささっと終わらせる、とはいかない。

ゲームゆえの簡略化がされてはいたが、それでも使うパーツは普通の武器や防具の比ではなかった。だからこそ、コストに見合っただけの性能があったわけだが。

「修理は、できますか？」

「外装は手持ちの素材だけでも十分修理できる。ただ、コアのほうは実物を見てみないことにはな。それにもしダメージが入ってた場合、こっちだと中身がどうなるかわからない」

ゲームだったころは、人形がコアを破壊されて動かなくなっても、体を修理するか、新調してそこに新しいコアを搭載すれば元通り。設定した人格が消えることもなかった。

データを管理するサーバーに、人形の人格データが残っているからだ。

しかし、今の世界に人形のパーソナルデータを保存しているサーバーなどない。

もしそれと同じか似たようなものがあるのなら話は早いのだが、シンもシュニーもそんなものは存在すら聞いたことがなかった。

であるならば、コアが壊れるということは自我の消滅を意味し、死と同義といえる。

「そう、ですか」

落胆するシュニーに、シンはやはり何かあったなと確信する。様子を見る限り、直接危害を加えるようなことではなく、心を揺さぶるようなことがあったのだ。

「助けたいのか?」

「はい。私は、この子にこのまま朽ち果ててほしくありません」

シンの問いに、シュニーははっきりと答えた。

「また戦うことになるかもしれないぞ」

「その時はその時です。落ち着くまで、何度でも相手になります」

本気でそう考えている顔だった。

シンとて08をこのまま朽ち果てさせたくはない。08のことを思うなら、このままにしておいたほうがいいのかもしれない。

しかし、それは悲しすぎると思う自分もいた。

これが08のためになるのかという議論はひとまず置いておいて、やるだけやってみてもいいだろうと本腰を入れることに決めた。

もしまた襲ってくるなら、今度はシュニーではなく自分が相手になるまでだと考えながら08の全身を調べていく。

「冥王のほうは急がなくていいの?」

「08を止めに来た時点で遅れることは確定してたからな。もう少しだけ待ってもらうさ」

心配そうに言うセティに、シンはあっけらかんと言い放つ。

大急ぎで向かわなければならない事態になっているなら、どうにかして連絡を取ろうとするはずだ。イレブンと接触した時点で、それが伝わるようにしていてもいい。

08のほうへ向かうと決めた時点で、ある程度時間はかかるのはわかっていたことだ。

グランモスト山脈に到着するまででも、すでにかなりの日数が経っている。出発が数日延びたところで誤差だ。

そもそも向かわないわけではないし、何年も放置するわけでもない。

さらに言うなら、いつまでに行くと約束したわけでもない。シンとしては、この状況なら仲間の配下を優先してもいいだろうと思っていた。

「いいのかなぁ？」

「08の修理が終わったら帰りは転移ですぐなんだし、大丈夫でしょ。ここまで来るのにだって馬車で何日もかかってるんだから、今さら急いだって手遅れよ」

オリジンの半身という、とてつもない存在を待たせていいのかと悩むセティに、フィルマは諦めが肝心と気にした様子もない。実際、フィルマの言うことはもっともだった。

「さてと、あたしたちが手伝えることはなさそうだし、ベレットたちが来るまで周りの調査でもしてましょうか。ちょっと地形が変わっちゃってるから、何か面白いものが見つかるかもよ？」

「そりゃあ、神様が2体も暴れれば地形くらい変わるでしょ」

セティも心配するのがばからしくなったのか、フィルマに続いて神の倒れた場所や攻撃が当たって形が変わった場所を調べ始めた。

ゲーム時代も、神が通過した後に通常は取れないアイテムが落ちていたり、神によって破壊されたオブジェクトが別の素材に変化したりといったことはあった。

また、プレイヤーには破壊できなくても神なら破壊できるオブジェクト、なんてものもある。あえて倒さずに誘導して破壊させ、アイテムをいただくなんてことをしていたプレイヤーもいた。

「くぅ、地脈は落ち着いたよ。変な感じもしない」

フィルマたちと入れ替わりでやってきたのは、人型になったユズハとティエラだ。念のため、地脈の調査を頼んでいた。

「神が2体出たから何かあると思ったんだけどな」

何かあってほしくはないが、ありそうだなと思わずにはいられない出来事だ。

しかし、地脈が活性化していたこと以外は、気になるところはなかった、とユズハは言う。

瘴魔《デーモン》の瘴気や悪魔の力、そういったものを感覚でとらえられるユズハとティエラが、そろって何も感じないと言うならば、本当に何もないのだろう。

少し納得がいかないが、面倒ごとがないならそれに越したことはない。

「この子、直る?」

ユズハはひび割れた装甲に触れながら、シンを見上げて言った。

シュニーもそうだが、戦ったとはいえ08を敵と認識しているメンバーはいない。

敵対していた理由が理由なので、むしろ心配そうにしているくらいだ。

「シュニーにも言ったけど中身、えーと、人格とかそっちな？　それがどうなるかわからないんだ。体のほうは武器を直すのと同じだから、材料さえあれば難しくはないんだけどな」

こればかりはシンもわからない。鍛冶とは別の領分だ。

ただ、コアが粉々に破壊されたわけではないので、元に戻る可能性はそれなりにあるとも思っている。推測でしかないので、口にはしなかったが。

「08、ずっと泣いてたわ」

ユズハの耳と尻尾が力なく垂れている。シンと出会うまで心細い体験をしていたユズハだ。08の気持ちが理解できるのかもしれない。

「……そうだな」

シンには08が自棄になったようにも感じられたが、きっと感じ方が違うだけで似たようなものだろうと思った。その根幹にあるのは、レードに会いたいという願いだったのだから。

そんなことを考えていると、ユズハが近寄ってきて背中からぎゅっと抱き着いてきた。

足には尻尾が絡みついている。何事かと振り向こうとするが、首元に頭をぐりぐり押し付けてくるせいでうまくできない。

成長してから人型の状態でここまではっきりと甘えてくることはなくなっていたので、ユズハの行動はシンにとって少し意外だった。

ただ、驚きはしたが無理に引きはがすようなことはしない。

08の言動に、きっと感じ入るものがあったのだろうと、しばらく好きにさせることにした。

シュニーも同じ気持ちなのか、止めるようなことはしない。

「もう大丈夫」

「そうか」

尻尾をほどき、ユズハは子狐モードになってシンの頭に乗った。

肩だと少し作業がやりにくくなるので、シンとしてもありがたい。

元の大きさを考えればかなりの重量のはずだが、シンが感じるのは見た目通りの軽さだ。

これも神獣の能力だろうかなどと思いつつ、手は止めない。

「コアは生きてるっぽいな」

ガントレットや各部の装甲をいじっていたシンは、それらの状態を解析、観察してそう結論を出した。

「大丈夫なのですか？」

「人格についてはまだわからないままだけど、装甲の自動修復機能は発動してる。コアが壊れて完全に機能停止していたら発動しないはずだから、壊れて使い物にならないってことはないはずだ」

人形のパーツは別個で作る。

そして、1体の人形として組み上げると各部のパーツが独立したものではなく1個の装備として機能するようになる。

自動修復機能を付けておけば、壊れたのが内部機構だろうが外装だろうが、関係なしに修復するのだ。

ただし、それらはコアがあってこそ。

コアを破壊されると、それ以外の部位が無傷でも機能停止する。

逆に言えば、人形の機能が生きているということは、コアが完全に機能停止していないということでもあった。

「今わかるのはこんなところか。あとはベレットたちが来てからだな」

一通り調べ終わったシンは、イーラ・スーラの倒れた場所へ向かう。08はユズハが見ていてくれると言うので任せた。

「シュバイドが言ってたのはこれだな」

イーラ・スーラの倒れた場所に、ドロップアイテムが落ちていると、調査中のシュバイドから連絡を受けていた。

シュバイドが回収しなかったのは、それが鍛冶師が回収すると素材としての質が上がる特殊な金属だからだ。

「これだけの大きさは聞いたこともないな。シュバイドが困惑してたのも納得だ。こっちの素材以外のドロップアイテムは、どういう原理で落としてるんだか」

シンは地面を赤く染める30セメルほどの塊を見て言った。

未だにイーラ・スーラの熱が残る大地にあってなお赤々と輝くそれを、人は神の力によって生まれた真の鋼という意味で、『真鋼《アルマダイト》』と呼んだ。

ゲーム中ではカタカナ表記されることが多いそれは、シンたちのような廃人ですら存在を忘れることのある金属でもある。

オリハルコンやアダマンタイトのような希少金属とは違い、地中から発見されることはほぼない特殊な金属で、回収して解析するまで性質はわからず、わかったとしてもその内容はランダム。

同じ種類の真鋼であっても、同じ性質のものはなかなかそろわないという質の悪さが原因だった。

それらのデメリットがある反面、素材としての性質は【ＴＨＥ　ＮＥＷ　ＧＡＴＥ】において並ぶものなしといえる。

量さえそろえば、最高品質のキメラダイトすら凌駕すると言われていた。

ただし、素材の性質のランダムさと手に入る確率、さらにその量の少なさからまともな武器はできないなんて言われ方までした素材でもある。

なにせ、神を狩って回ったシンたちでさえ、純アルマダイト製の装備を持っていないのだ。

どれだけひどい状況だったかは言葉にするまでもないだろう。月の祠にある素材が手に入る箱でも、これは手に入らない。入手方法は、神もしくはそれと同等の力を持つ存在の討伐。ただそれのみである。

ちなみに平均的なドロップ率は、検証勢曰く1パーセント。ドロップ量は小石ひとつ程度。

しかも性質は安定しない。これればかりは『六天』も匙《さじ》を投げた。

ただし、アルマダイト製の装備が存在しなかったわけではない。所属人数が多い大規模ギルドが、マンパワーに物を言わせて素材を集め、シンに装備作製を依頼してきたことがあった。

素材の量から作ったのは小ぶりのナイフだったが、基礎性能だけで見ても『真月』を超えていたのだから、その性能の高さがわかるだろう。

ただ、性能が性能なので多くのプレイヤーが使いたがり、いろいろともめたという話も聞いている。アルマダイト製のナイフを使ったプレイヤーの名前が広まることもなかったので、お蔵入りにせざるを得なかったのかもしれない。

「この大きさなら、何でもとはいかないがある程度のサイズの武器なら打てるな。夢にまで見た素材が、こんなところで手に入るとは……」

『六天』はメンバーの能力こそ高かったが、所属人数は六人と規模としてはギルドというより一パーティレベル。大規模戦闘系ギルドのような物量戦は不可能だった。

かといって、素材を購入しようにも、今度は大規模商人系ギルドが市場に目を光らせている。常に高値を付けていたし、レアアイテムの中でもアルマダイトの売買は情報屋と呼ばれるプレイヤーたちも動く。

商人関連はレードが頑張っていたが、これは無理とテーブルに突っ伏していたのをシンは思い出した。

結局、シンの知る限りアルマダイト製の装備を使うプレイヤーはおらず、運営は何でこんなものを実装したのかと定期的に話題になる。

それが、デスゲーム化直前のアルマダイトの扱いだった。

シンはゲームでよくある、エンドコンテンツと呼ばれるもののひとつなのだろうと思っている。公式バグなんて呼ばれていたのを耳にしたこともあるので、やりすぎ感は否めないが。

「ただの塊なのに古代級《エンシェント》並みの耐久値がありやがる」

何はともあれと【鑑定】してみると、キメラダイトも真っ青な数値の羅列が、シンの目に飛び込んでくる。

この塊に柄を付けてハンマーにするだけで、神話級《ミソロジー》下位くらいの性能になりそうだった。

「これはこっちの世界で手に入れたからこの数値なのか。それとも向こうでもこのくらいだったのか」

シンが持っていた真鋼はピンポン玉くらいのものがほとんどで、今手に持っているほどの耐久値はなかった。

今回のイーラ・スーラは出現タイミングも条件も少しおかしいので、それもあるのかもしれないと推測する。

「すごいわね。魔力の塊って感じ」

近くに来たセティが、アルマダイトを見て感心している。魔力に精通している分、そのあたりはっきりわかるようだ。

「俺たちは鉱物として扱ってたけど、実際は別物なのかもな。魔力感知を鍛えたからわかるけど、セティの言う通り魔力の塊っていうか、魔力が圧縮されて物質化したみたいに感じる」

魔力が分子や原子で、アルマダイトはそれらが集まって目に見える物質になった。シンはそうイメージした。

今回、イーラ・スーラはガントレットごと消えている。

なので、ガントレットの一部が残って、そこにイーラ・スーラの魔力が宿ったとは考えられない。

イーラ・スーラの魔力が結晶化して残ったと言われたほうが、納得できた。

「オリハルコンみたいな魔力が宿った金属より『界の雫』に近い気がする」

「一度、扱ったことがあるんじゃなかったっけ?」

「あの時は、今ほどはっきりとした手ごたえがなかったからな。なんていうか、こっちに来てからより鮮明になった感じなんだよ」

ゲームだったころは、「しっかり感触があるスゲー」という感じで、さすがにリアルと区別がつかないとまではいかないものの、なかなかの再現度だった。

リアルにしすぎないのは、システム上PK、プレイヤーを倒す行為が可能だからだ。

リアルにしすぎると、現実でも人や動物を殺すとか、そういうことを考える人が出る可能性が高まると言われており、その対策とされている。

プレイヤー同士が戦える、もしくは人型NPCが出てくるゲームではよくある仕様だった。

暴力表現のある作品はいくらでもあるので、実際にどこまで効果があるのかという点については、シンのあずかり知らぬところだが。

そんなわけで、現実の技術がいくらか通用するくらいには作りこまれていた。ただ、今となってはもう作りこむとかそういうレベルなどとうに超えている。

ゲーム時代の経験がこちらで役立つこともあったが、大部分はやはりジョブとスキル、あとは熟練度だろう。シンも、よくわからない感覚に助けられたのは一度や二度ではない。

「ただスキルを上げればシンみたいになれるとは思えないけど」

シンの説明を聞いたセティは、あごに手を当てながら首をひねっている。

「スキルを上げる過程でいろいろ経験するからな。それも含めれば似たようなところに行きつくんじゃないか？」

「んー、そんなものかなぁ？」

「今はオリハルコンやミスリルで練習するなんてそうはできないみたいだからな。それもあるんだろ。生産職は自分がメインで使うスキルのレベルがＭＡＸになってからが本番って言われてたし」

スキルレベルが上がってくると、レベル自体が上がりにくくなるのはもちろんのこと、レベルアップに特殊な条件が加わることがある。

これは生産系によくみられる特徴で、希少な素材を使ってジョブに応じた品を作製しなければ、レベルアップが止まってしまうのだ。

品質を顧みずに、漫然と武具や道具を作製しているだけでは、頂《いただき》にはたどり着けないのである。

鍛冶師の場合は、オリハルコンやミスリルをはじめとした希少金属を使って、何かしらの道具を作ることが条件のひとつだ。

もちろん、まともに使える品でなければ素材をそろえても意味はない。

スキルレベルが上がるにつれて、素材だけでなく作った品の質も求められるようになっていく。

最終的には、キメラダイトを使って使用に耐えうるだけの品を作れれば、スキルレベルがX《テン》となる。最低ラインは神話級《ミソロジー》下位だ。

それ以上を作れるかは、スキルレベルをXにしたあとの修練次第である。

生産を極めたプレイヤーが少ないのは、単純にスキルレベルを上げればいいというわけではないからだ。

「そこだけは戦闘系スキルのほうが楽よね。貴重なアイテムをいくつもそろえないといけないわけじゃないし」

戦闘系スキルは使用回数が増えるほど消費ＭＰが減ったり、発動が早くなったりする。

生産職のように素材を湯水のように消費することはないので、費用面での負担は比較にならない。

とはいえ、至伝クラスのスキルを筆頭に習得が大変なものはいくつもあるので、比較的楽というだけで決して簡単なわけでもないが。

「さて、おしゃべりは一旦終わりだ。ベレットたちが来た」

近づいてくる反応を感知して、シンは山の一部に目を向ける。少しして地面が揺れだした。

最初は少し振動を感じる程度だったそれは、段々大きくなり、最後にははっきり地面が揺れているとわかるくらいの揺れになる。

反応が近くまで来ても姿は見えない。地中を移動しているからだ。

唐突に地面が割れ、巨大な螺旋状の突起が姿を現す。ミラルトレアの先端に装備されている、地中移動用兼掘削用のドリルだ。それに続いて、各車両が出てくる。

すべての車両が地中から出ると、先頭の車両からベレットが降りてきた。

「お待たせいたしました。ご無事で何よりです」

全員が無事なことを確認して、ベレットがほっと息をついている。

複数の神に08と、ゲーム時代を含めてもなかなかに危険な相手だったのだ。ハイヒューマンを知るベレットでも、心配になるのも無理はない。

本格的な戦闘が始まる前にミラルトレアへ向かわせたので、戦闘の経過もわからなかったのだから、焦る気持ちもあったのだろうと、シンはなるべくいつもと変わらないよう注意しながら返事をした。

「それでだ。さっそくで悪いが、08を収容したい。ドックにいれるのを手伝ってくれないか？　俺がやれなくもないけど、盛大に引きずることになるから」

シンはベレットと一緒に来ていたオウルに、大型の人形を出してもらえないか頼む。

コアは無事だろうと予想はしているが、それでもなるべく衝撃を与えないようにしたかった。

「お任せください。そのために来たようなものですから」

オウルがミラルトレアに向けて手を上げると、大型人形用のドックを兼ねた車両の側面が開き始める。そして、中から08と遜色ない大きさの人形たちが出てきた。

08より前に作られた、対神獣用人形のプロトタイプやその後継機たちだ。

背丈は同じくらいでも体格が大きく違ったりして、完成形である08までどのような過程を経て作られたのかがよくわかる。

最新型ではないとはいえ、どれも対神獣用に作られた人形たち。パワーも相応にあり、シンたちにとっては巨大な08も、今はただの人のように軽々と運ばれていった。

「すぐに全身のチェックを始める。機材を使わせてもらうぞ」

「すでに準備は整えてあります。必要なものがございましたら、何なりとお申し付けください」

頭を下げるオウルの後ろで、マイティや他の人形たちも頭を下げている。

勝手にミラルトレアを飛び出して戦いを繰り広げていた08だったが、人形たちは誰も負の感情に類するものを持っていなかった。

コアは無事だろうと聞いて安堵するマイティやαシリーズたち。ボロボロの姿に、無茶しやがってと呆れと労いの感情を見せるβシリーズたち。

皆、状態はどうあれ、08が帰ってきたことを喜んでいた。

「コアの状態は……よし、修復可能だ」

全身をチェックし、ダメージを受けている部分の詳細を見る。コアも損傷していたが、直接ダメージを受けたわけではなかったので大事には至らなそうだった。

この世界になって使い方が変わったということもなく、シンは慣れた手つきで機材を操作する。起動していない状態でドックに入ってしまえばあとは楽なもの。外装を取り外し、基礎骨格を露出させる。

【THE NEW GATE】はあくまでファンタジー系に分類されるVRMMO-RPG。

人形も見た目は騎士風のロボと言えなくもないが、その構造は極めて単純だ。

SF作品に出てくるような、何千何万というパーツで構成されているなんてことはなく、骨格部分とそれを覆う外装でほぼ完結している。

指やギミックが動くのは、魔力という不思議な力のおかげだ。パーツ同士がかみ合ってとか、人工筋肉がとか、そういったロボット要素はほぼない。

人によってはそれっぽいものを作ったりもしていたが、意味があるのかといわれるとそうでもない。重要なのは作り手の腕と素材、あとは設計図である。

「コアの修復に入る」

08の上半身、胸周りを覆う外装を外すと、直径30セメルほどの白い球体が姿を現す。

これが08のコアだ。

淡い光を放っているコアの表面には、二筋の亀裂が走っている。シンはコアのそばまで移動し、じかに触れながらスキルを発動させた。

と言っても、やっているのは魔力を注入するだけだ。

プレイヤーの魔力にはコアを修復する力があり、とくに鍛冶師の魔力と相性がいい。

これはシンたちが設定したのではなく、ゲームの設定だ。

なんとも都合のいいことだが、もともと自己修復する特性を持つ金属まであるくらいなのだ。魔力を分け与えるだけでコアが修復できるならシンに文句はない。

ちなみにコアに欠損がある場合は小規模ならアイテムを使って元に戻せるが、バラバラに砕かれたり大きく欠けたりすると、新しいものと交換しなければならない。

今回は亀裂が入っているだけなのでアイテムは必要なかった。

亀裂はゆっくりと塞がり、5分ほどで、どこに傷があったかもわからない状態まで修復された。

「とりあえずコアはこれでいいだろう」

耐久値は最大まで回復している。あとは中がどうなっているかだが、それは再起動してみるまでわからない。

「後は外装だけど、改めて見るとひどいな」

移動前はコアを優先して軽く調べる程度だったので、細かいところまでは見ていなかった。

頭部に胴体、両腕と両足。移動前の体勢では見えなかった部分も見えるようになったのも大きい。

部位ごとに分かれた状態なので細部まで観察できる。

わかっていたことだが、まさにボロボロという言葉が相応しい。

劣化も激しく、ここまでくると、修復するのと新しく作り直すのとどちらがいいかと悩むところだ。

予備パーツはあるが、再起動してまた暴れられても困るので耐久値や出力の低い試作品にパーツを取り換える。

「じゃあ、再起動するぞ」

魔力を呼び水にして、コアが起動する。各パーツに魔力が浸透し、目に当たる部分に光が灯った。

「……私を、修理したのですか」

「その様子だと、今までのことは覚えてるみたいだな」

各パーツはドックにつながったままだが、外そうと思えば力ずくで外せる。

しかし、08は暴れることはなく、シンの問いにうつむいた姿勢のままうなずいた。

「あのまま、朽ち果ててしまっても、よかった」

「レードじゃない俺からしてやれることは、正直に言ってほとんどない。お前を修理したのだって、お前のためになるかどうかわからないしな。ただ、これだけは伝えておくべきだと思った」

「今さら、何を」

たとえ暴れていたとしても、レードがつけるはずだった08の名前は伝えておきたかった。それも、シュニーたちの願いを聞き入れた理由のひとつだ。

「ウェルベラッド」

シンの一言に、08がゆっくりと顔を上げた。弱々しかった光が、少しだけ輝きを増す。

「それが、お前につけられるはずだった名前だ。念のために言っておくが、考えたのはレードだぞ？」

「私の、名前……」

ともに製作をしていたこともあり、シンはレードからつける予定の名前を聞いていた。

「由来は知らないが、『天に仕えし剣』という意味があるらしい」

何かの言葉をもじったのだろう。本人は「略して天剣、かっこいいでしょう？」とドヤ顔をしていた。

シンも名づけをする時に似たようなことをした経験がある。『六天』のレードが使う装備につける名前としては、なかなかの響きだと思っていた。

自らの名前を聞いたウェルベラッドは、両手で顔を覆ったまま動きを止めている。

顔は表情が変化するタイプではない。それでも、そのしぐさと雰囲気だけで泣いているように見えた。

ウェルベラッドの中でどんな感情が渦巻いているのか、シンにはわからない。ただ、今はそっとしておこうと、顔を上げるまで待った。

「ありがとうございます」

しばらくして、顔を上げたウェルベラッドは落ち着いた口調で言った。

再起動直後の沈んだ様子も薄れているように感じられる。

「俺は特別何かしたって感じでもないんだがな」

ウェルベラッドを抑えたのはシュニーたちであり、修理に関してもミラルトレアの設備があれば時間はかかるが不可能というわけではなかった。

どちらかというと、ウェルベラッドそっちのけで神とやり合っていた――それも少し楽しんでいた――わけで、説得にはまったく役に立ってないというか、むしろ火に油を注いだだけでは？　と思わなくもないのだ。

「名を教えていただけただけで、十分です」

レードによる名づけはまだでも、どこかに名は刻まれていたのかもしれない。

ウェルベラッドには、これが自分の名前なのだと確信できるらしかった。

戦う前に教えられても、大人しくなった保証はないようだが。

「これからどうするんだ？」

「装備を換装したのち、待機状態へ移行します。御用があれば、いつでもお呼びください」

少し前までの暴れっぷりが嘘のような落ち着き様だった。

人形にとって、主につけられた名前があるというのは、心の在り方を変えるほどのものらしい。

「次こそは、与えられた名に恥じぬ働きをお約束します」

王に忠誠を誓う騎士のごとく、ウェルベラッドは膝をついて頭を垂れる。

もう大丈夫。そう思えるだけの厳《おごそ》かな雰囲気を、ウェルベラッドは纏っていた。

Status ステータス紹介

THE NEW GATE

名前：ベレット・キルマール

性別：男

種族：ハイエルフ

メインジョブ　：商人

サブジョブ　：暗黒騎士

冒険者ランク　：A

所属ギルド　：六天

●ステータス

LV：	255
HP：	6457
MP：	5540
STR：	640
VIT：	532
DEX：	510
AGI：	447
INT：	583
LUC：	80

●戦闘用装備

頭　：黒金のヘルム（VITボーナス[強]、視覚妨害無効）

胴　：黒金の重鎧（VITボーナス[強]、INTボーナス[強]）

腕　：黒金のガントレット（DEXボーナス[特]）

足　：黒金のグリーブ
（DEXボーナス[強]、AGIボーナス[強]）

アクセサリ　：盗滅の指輪
（盗難無効、生産スキル成功率アップ[強]）

武器　：金魔鋼の長槍
（使用者制限、障壁貫通）

●称号

- 魔槍ノ主
- 商いノ頂
- 妖精の友
- 統率者
- 守護者

etc

●スキル

- ブラッド・ライズ
- ガイア・アンカー
- 交渉
- 値上げ
- 値下げ

etc

その他

- 黄金商会副支配人
- 金の商人レードのサポートキャラクター

※ボーナス上昇値　微＜弱＜中＜強＜特

名前：ジェン・グー

種族：エレメントガーディアン

等級：なし

●ステータス

LV：	648
HP：	7320
MP：	3850
STR：	730
VIT：	573
DEX：	638
AGI：	730
INT：	345
LUC：	0

●戦闘用装備

なし

●称号

●エリア・ガード
●アイスエレメント
●武人

●スキル

●属性強化
●直感
●環境順応

その他

●なし

名前：ウェルベラッド

シリーズ：EXゴーレム

等級：古代級《エンシェント》（上位）

●ステータス

LV：	-
耐久値：	32500
保持魔力：	24000
STR：	900相当
VIT：	950相当
DEX：	800相当
AGI：	650相当
INT：	700相当

●戦闘用装備

なし

●称号

- 最上級人形
- 自立人形

●スキル

- 自己再生
- 魔力吸収
- 魔力転用
- 魔力放出
- 臨界駆動

その他

- ミラルトレア搭載人形
- 整備不良

名前：イーラ・スーラ

種族：炎神

等級：なし

●ステータス

LV：	833
HP：	?????
MP：	?????
STR：	675
VIT：	766
DEX：	857
AGI：	465
INT：	879
LUC：	0

●戦闘用装備

なし

●称号

- 荒ぶる神
- 形なきモノ
- 尊き一柱
- 神域ノ主
- 真炎の支配者

etc

●スキル

- 躯焼ク神火
- 灼熱ノ種火
- 烈日ノ大剣
- 溶火薙グ鉄腕
- 灼熱侵蝕

etc

その他

- 厄災形態

名前：ヴェナ・ヴァール

種族：氷神

等級：なし

●ステータス

LV：	874
HP：	?????
MP：	?????
STR：	879
VIT：	771
DEX：	634
AGI：	667
INT：	624
LUC：	0

●戦闘用装備

なし

●称号

- 荒ぶる神
- 形なきモノ
- 尊き一柱
- 神域ノ主
- 真氷の支配者

etc

●スキル

- 死凍ノ吐息
- 冷鉄ノ礫
- 凍眠ノ誘イ
- 氷鉄柔尾
- 凍結侵蝕

etc

その他

- 厄災形態

月が導く異世界道中
Tsukiga Michibiku Isekai Dochu
あずみ圭
1~16
8.5
TVアニメ化！
2021年7月7日放送開始！
TOKYO MX・MBS・BS日テレほか
CV 深澄 真：花江夏樹
巴：佐倉綾音 澪：鬼頭明里
監督:石平信司 アニメーション制作:C2C
レシート応募プレゼント
キャンペーン実施中!!
2021年6月4日～2021年9月30日まで
詳しくはこちら
●各定価：1320円（10%税込）
●illustration：マツモトミツアキ
1～16巻好評発売中!!
漫画：木野コトラ
●各定価：748円（10%税込）●B6判
コミックス1～9巻好評発売中!!

覚醒から始まる、一発逆転&成り上がりファンタジー!

冒険者のタイラーは、誰でも発現するはずの魔法属性がないことを理由に、ダンジョンの最奥に置き去りにされてしまう。しかし、幼馴染・アリアナの窮地を前にして、全属性の魔法を使えるという秘められた力が覚醒! アリアナとともにダンジョンを脱出したタイラーは、妹の病を治す薬草が超上級ダンジョンにあるという情報を得る。すぐにアリアナとともにパーティを結成しなおすと、冒険者として新たな目標に向かって再出発するのだった——

●定価:1320円(10%税込) ●ISBN 978-4-434-29265-1 ●Illustration:たば

本書はWebサイト「アルファポリス」（https://www.alphapolis.co.jp/）に投稿されたものを、改稿、加筆のうえ書籍化したものです。

THE NEW GATE《ザ　ニュー　ゲート》　19. 彷徨《さまよ》う巨兵《きょへい》

風波《かざなみ》しのぎ　著

2021年9月5日初版発行

編集－宮本剛・芦田尚
編集長－太田鉄平
発行者－梶本雄介
発行所－株式会社アルファポリス
〒150-6008東京都渋谷区恵比寿4-20-3恵比寿ガーデンプレイスタワー8F
TEL 03-6277-1601（営業）03-6277-1602（編集）
URL https://www.alphapolis.co.jp/
発売元－株式会社星雲社（共同出版社・流通責任出版社）
〒112-0005東京都文京区水道1-3-30
TEL 03-3868-3275
イラスト－晩杯あきら
URL https://www.pixiv.net/member.php?id=27452
地図イラスト－サワダサワコ
デザイン－ansyyqdesign
印刷－中央精版印刷株式会社

価格はカバーに表示されてあります。
落丁乱丁の場合はアルファポリスまでご連絡ください。
送料は小社負担でお取り替えします。

ISBN978-4-434-29266-8 C0093